U0895537

劳拉·埃斯基韦尔作品

Tan veloz como el deseo

像欲望一样快

[墨西哥] 劳拉·埃斯基韦尔 著　汪天艾 译

译林出版社

图书在版编目(CIP)数据

像欲望一样快 / （墨）埃斯基韦尔著；汪天艾译. —南京：译林出版社，2015.11
（劳拉·埃斯基韦尔作品）
ISBN 978-7-5447-5174-2

Ⅰ. ①像… Ⅱ. ①埃… ②汪… Ⅲ. ①长篇小说–墨西哥–现代 Ⅳ. ①I731.45

中国版本图书馆CIP数据核字（2014）第287435号

Tan Veloz Como El Deseo by Laura Esquivel
Copyright © 2001 by Laura Esquivel
Published by agreement with Casanovas & Lynch Agencia Literaria, through The Grayhawk Agency.
Simplified Chinese edition copyright © 2015 by Yilin Press, Ltd
All rights reserved.
著作权合同登记号 图字：10–2012–293号

书　　名	像欲望一样快
作　　者	［墨西哥］劳拉·埃斯基韦尔
译　　者	汪天艾
责任编辑	金　薇
原文出版	Random House Mondadori, S.L., 2001
出版发行	凤凰出版传媒股份有限公司 译林出版社
出版社地址	南京市湖南路1号A楼，邮编：210009
电子邮箱	yilin@yilin.com
出版社网址	http://www.yilin.com
经　　销	凤凰出版传媒股份有限公司
印　　刷	江苏凤凰通达印刷有限公司
开　　本	880毫米×1240毫米　1/32
印　　张	6.625
插　　页	1
字　　数	113千
版　　次	2015年11月第1版　2015年11月第1次印刷
书　　号	ISBN 978-7-5447-5174-2
定　　价	35.00元

译林版图书若有印装错误可向出版社调换
（电话：025-83658316）

谨以此书纪念我的父亲，

胡利奥·塞萨尔·埃斯基韦尔·梅斯特雷

目 录

永不消逝的电波
（译序）

.- -- --- .-.　AMOR　爱

如果要给这本小说定一个主题，毫无疑问是“爱”——胡唯乐与露恰的爱情主线、雨薇娅与父亲之间的爱、胡唯乐对电报的爱……所有沟通交流的方向，所有的断裂心碎的起因，都指向爱。

作者在过去回忆与现在发展两条穿插的时间线之间往复，讲述一场爱情的发生、维系、断裂与延续。她笔下的爱是一脉绵延不断的电流，拥有最强大、最有改造力的能量，哪怕在胡唯乐与露恰形同陌路的那些年里，这股电流也一直在家中沉默地徘徊。几十年后，当雨薇娅替父亲说出爱的话语化去母亲心上的层层冰霜，深处那道爱的目光依旧炽烈如从前，她才恍然发现，如同电波不通过电线也可以传递，“尽管父母之间沟通的桥梁已断，爱的能量依旧在两人之间来回传递循环；尽管电线已断，爱依旧流动着，和欲望的传递速度一样快”——小说的名称《像欲望一样快》正是取自这句话，可谓整本书的点睛核心。

胡唯乐去世后，雨薇娅想象着父亲的一小片指甲、一小根头发混在灰尘中飘荡，飘过整座城市，飘过所有曾经和母亲走过的村庄，飘过他们共同生活的每个角落，记忆中所有爱情的夜晚都在每粒细小的灰尘里走过，永不消逝。

-.-. .. -.-. .-.. .. -.-. .- CÍCLICA 周期

古老的阿兹特克文化中，数字52象征着完整的周期。悲痛欲绝的胡唯乐曾在酗酒中度过了52天，仿佛走完一条必经之路。周期完成，他意识到自己并不想死，于是请求帮助，开始痛苦的恢复期，让身体机能重新运转。而情感关系上的复原要走更久的周期，曾经疯狂相爱的两个人，三十年不曾有过半句交流，直到当露恰出现在病房门口，失明的胡唯乐猛然睁开眼睛，他听见妻子在这儿，心开始加速跳动，胃立刻颤抖着疼起来；直到往事随着电报机的“哒哒”声解开化散；直到他们的手重新叠在一起……胡唯乐用尽毕生时间想修复的断桥，在他将死那天终于灵犀相通，爱与生命的周期完成。也许，如《智慧书》所言，万物皆有时，不能随意加快速度，漫长的周期里每一次尝试与等待都有意义。

.--- ..- -... .. .-.. --- JÚBILO 胡唯乐

胡唯乐的名字意为"欢欣,快乐"。他在母亲的大笑中出生,祖母亲昵地用玛雅古语唤他作"笑面人",女儿回忆起他的时候会想起"一张微笑的脸"。他能"听见"别人言语背后真实的含义,通过与太阳、宇宙能量的沟通,感受到每一则信息的振动。在他眼中,璀璨星际、草木人心都以各自的方式振动着空气里的尘埃,仿佛在说"我在这儿,我在这儿",而他的职责是用自己的天赋接收这些振动并回以同样的频率呼应,说:"我也在这儿,我和你一起振动。"那是一种全无论断的接纳与理解,回应和传递信息的目的都是消除误解与不快,带给人真正的愉悦。哪怕老去后瘦骨嶙峋地坐在轮椅上,完全失明,几乎不能说话,他依旧用不曾褪去的幽默感让身边的人如沐春风。

与露恰的相识相爱是胡唯乐一生中经历的极致大喜,他却在一系列连环相扣的命运事件里被引上无可挽回的绝望悬崖。一时疏忽犯下的大错,惊慌失措的口不择言,所有他名字里代表的含义仿佛都在一夜之间分崩离析离他远去。新生命的诞生,他从酒精的淤泥中踉跄爬起,把对妻子的爱融化在对女儿雨薇娅的守护中。最终,正是女儿不懈的寻找与努力让当年的心结悉数解开,爱意重新在心田流动,胡唯乐得以在生命的终点,拥抱太阳,最后一次致意,然后微笑着迎接"并不存在"的死亡。

.-.. .-.. ..- ...- .. .- LLUVIA 雨薇娅

雨薇娅的名字在西语中是“雨”的意思，对父亲而言，她的诞生也意味着自己的第二次新生，所以给了她这个流动的、充满生机的名字。悲剧突袭的夜晚过去数月之后，胡唯乐再次见到身怀六甲的露恰，两个人明明依旧相爱却已无法再续前缘，所有的温情都只能转向腹中的婴儿。天降大雨，润湿泥土的清新气味里，雨滴的声音和妻子腹中的孩子是胡唯乐心中最美的生命赞歌。而露恰不愿用“雨薇娅”这个名字，她只叫女儿安珀尔，意思是“琥珀”。对母亲而言，女儿象征着一段凝固的记忆，是她和胡唯乐生命中最美好的一晚的结晶，可以纪念厄难降临之前最后的幸福，却再无法融化无法继续。直到终章葬礼一节，母亲抓着女儿的胳膊叫她雨薇娅，说“别松开我”，冻结的心慢慢化开，坚硬的壳裂开缺口，而那场雨，还在心中继续下着。

如果说，埃斯基韦尔的成名作《恰似水于巧克力》是一本“母亲之书”，这本小说可谓“父亲之书”，以胡唯乐为主人公，叙事线主要由女儿雨薇娅牵引。她出于对父亲的爱一点点拼凑父母的曾经，最终看见她从未料想存在的美丽——母亲眼中几十年未褪的爱的光芒照亮父亲前往彼岸的漫漫长路。在小说扉页的题献里，作者写下“纪念我的父亲，胡里奥 · 塞萨尔 · 埃斯基韦尔 · 梅斯特雷”，这本书正是创作于父亲去世之后，而且，和胡唯乐一样，劳拉 · 埃斯基韦尔的父亲也是电报员。

... ..- . -.--- ---　SUEÑO　梦

父亲去世之后，雨薇娅做了一个梦，梦中蝴蝶漫天飞舞，父亲开车带她回普罗格罗索，车开得飞一般，最后真的腾空而起，下方的土地飞速掠过一座座城市，每座城市都有人冲他们招手，兴高采烈地挥着草帽，像是老相识。到了家乡的大海上空，父亲矫健地跳进海中。这个梦很多次让我想起蒂姆·波顿的电影《大鱼》的结尾，影片中父亲讲述过的故事原型都在葬礼上出现在儿子面前，向他的父亲作别。胡唯乐一生中作为电报员给无数远方的人传递过信息，用他特有的方式给他们送去快乐，雨薇娅在梦中看见的或许正是父亲一生中曾经帮助过、通过电报传递过信息的人，这些人遍布墨西哥的村落城镇，从未谋面，却好像认识已久。“最终，这才是重要的，一个人因为他的话语有改变人心的力量而永远留在我们的记忆里。”

- . .-.. . --. .-. .- ..-. .. .-　TELEGRAFÍA　电报

墨西哥的2月14日既是情人节也是电报员纪念日，某种程度上这个日子的双重意义恰好代表小说的两条主题线，在胡唯乐与露恰的爱情故事之外，自始至终还贯穿着电报员这个职业的历史命运。电报曾经是人类电子通讯史上里程碑式的进步，如今忆及，那是一种更有温度和触感的信息传递方式，所传递的信息依附在实物上，如同升级版的鸿雁传书，记录电码译文的电报纸是和信笺一样可供保存的实体记忆。每一封电报都需要经历“翻译”的过程，电报员在这种通讯方式中扮演中间人的角色，在别人的故事里做一个无声的传递者。

历史的滚滚洪流中，电报逐渐被新的科技成果超越取代，成为传统，成为过去，继而被淘汰、遗忘。而对于电报员而言，那却是无可替代的感情与记忆。小说中有一句细碎的回忆，作者一笔带过，我却每每读来感动不已：1992年，电报彻底退出墨西哥的历史舞台，在宣布电报被永远尘封、不再作为通讯方式的仪式上，有幸发出最后一封信的电报员情不自禁地在电报最后添了一句：“再见我亲爱的摩尔斯，再见。”

- .-. .- -.. ..- -.-. .. .-. TRADUCIR 翻译

从五岁起，胡唯乐就在说玛雅土著语的祖母和说西班牙语的母亲之间当起了翻译，不只是译出字面意思，而是译出对话中“被沉默的”音节，说话人真正的意思，译出言语背后隐藏的爱；少年时代他研习玛雅历法计数，为了破译原始森林里一块被历史遗忘的玛雅石碑，通过翻译与祖先、与历史、与时间交流；当上电报员之后，胡唯乐每日的工作都是电码与电文的互译，译出人与人的感情，将成千上万人的梦想、愿望相连；也曾经通过爱人举手投足间的每一个节拍翻译她的欲望、她的情感……

生命的终点上，女儿雨薇娅为他翻译出心中想说的话，原来翻译的秘诀如此简单，只需把言语的能力交给爱来掌控："他说……他说他的职责就是照顾你，他的义务就是让你的生命充满笑声，可是他没做到……他说抱歉让你失望了，他唯一的愿望就是爱你，却不知道该怎么做，但是你一直是、也永远会是他一生中最爱的人……"

——这部散佚的电码本，每个拥抱都是一次翻译。

汪天艾

二〇一四年九月 西班牙马德里

引 子

我们是能感觉到北方的，它重重压下来，为我们打上烙印。我们离它的重心多远并不重要，总有一股不可见的涌流牵引着我们，把我们引向它的核心，就像大地吸引水滴，磁石吸引磁针，就像血吸引血，欲望吸引欲望。

北方有我的源头，它藏在外祖父外祖母第一眼爱的对视里，藏在他们第一次手与手的擦蹭里。造“我”的工程随着母亲的出生愈加具体，只等她和父亲的欲望融为一体，我即可义无反顾地被引向这个世界。

北磁极强大的目光是在哪一刻与海的目光相遇相融？我的另一半源头来自大海。源头的源头。我的父亲出生在海边。在那里，面朝绿色的海浪，祖父祖母的欲望合二为一，在这个世界上给了他一个位置。

欲望要花多久才能发出正确的信号？等待期望的回音

抵达又要经历多少光阴？变数虽多，无可否认的是，整个过程都始于一道目光。她打开一条路，一条诱惑的幽径，两人在上面往而复返。

我见证过父母之间第一眼爱的目光吗？那一切发生的时候我在哪里呢？

此刻，父亲失焦的目光无意识地在空间里飘荡，我端详着它们，无可抑制地想起这一切。他在寻找另一个宇宙、新的欲望，还是有新的目光把他拉向另一个世界？他已经不能说话了。我无从知晓。

我多希望他能告诉我他听见了什么，他在等待什么的召唤。多希望我能知道最终会是谁带他去另一个世界，又是在什么时候。分别的信号会是什么样的？谁来发出那个信号？谁来为他领路？如果说，在这个世界里女人是生命之门，彼岸也是如此吗？他又会见证谁的出生？

我在他的房间里点燃的一炷香，似辫子、结扣和绳索从中升腾，我愿意相信那炷香能接收到他需要的帮助。玄香而神秘的烟雾在空气里不停盘旋，打着转升上天空，我不禁联想到，这些烟圈正组成一条脐带，将父亲和层层天穹相连，带他回到他来的地方。

可是，他从哪里来，又是谁或者什么在彼岸等他，我全然不知。

这种神秘让我害怕。为了抵挡未知，我紧紧抓住回忆，抓住我所知道的父亲。我猜他大概也在害怕，因为他失明的双眼已经无法遥遥望见等待他的将是什么。

如果一切始于目光，恐怕父亲再也辨不出别的存在，也根本无意在别的路上踏出第一步。但愿他很快就能看见！但愿这煎熬不再继续！但愿有一种欲望牵引他！

亲爱的爸爸，为了能照亮你的前路我愿意付出所有。我想在这生命的引渡之路上帮你一把，就像当年你在我初临人世时做的那样，你还记得吗？要是知道有你温柔的臂弯接住我，我定然不会在出生时耗费那么久的时间。

可是当时的我怎么会知道呢！在看见你和母亲之前，一切都是黑暗混沌。也许此刻你的未来也是一样。但是你别担心，你要去的地方一定有人在等你，就像当年你等着我一样。我相信那里一定有一双眼睛渴望看见你。所以，平静地去吧。此生你留给我们的都是美好的回忆。愿言语伴你左右。所有认识你的人，愿他们的声音在空间里回响。愿他们为你打开前路。愿那些声音绵延不绝，融化一切，愿它们为你说话。愿那些声音宣告你的到来——你是爱意沉沉的父亲，是电报员，是讲故事的人，是一张微笑的脸。

第一章

母亲赫苏萨生他的时候很开心。那天是个节日，全家人为了过节聚在一起，就这样共同见证和迎接了他的降生。据说那天饭后闲聊的时候，赫苏萨因为饭桌上的一个笑话笑得太用力以至于破了羊水。一开始，她还以为自己双腿间的湿润是大笑时没控制住的尿液，但很快就发现事实并非如此，那股暖流意味着她的第十二个孩子即将诞生。

于是，她笑着说了句“失陪一下”就走向自己的房间。有了之前十一次生孩子的经验，这一次赫苏萨只用了几分钟时间就产下一个男婴——而这个孩子并非哭着来到世界，他是笑着来的。

沐浴更衣后，赫苏萨回到饭厅对亲戚们说：

“看看发生了什么！”

所有人都转头看她，就在这时，她向大家展示了自己抱

在怀中的小疙瘩,说:

“笑得太狠,把孩子笑出来了。”

整个饭厅都被轰然爆发的大笑淹没了,所有人都兴致勃勃地为这件稀罕事鼓掌。她的丈夫,里布拉多·赤,高举双臂喊了一声:

“唯此乐事!”

就这样,婴儿得名胡唯乐。确实,再没有比这更合适的名字了。他简直就是欢乐、享受、快活的忠实化身(即使多年以后他不幸失明,仍未失去自己的幽默感),快乐的细胞仿佛与生俱来。我这样说并不是指他自己总是快快活活,而是他能让身边的所有人都感到快乐。

无论他去哪里,都有一连串笑声相随。无论周围环境原本多么沉重,他的到来就像施了一道魔法,压力得以舒缓,情绪得以平复,哪怕最消极的人也开始看到事情积极的一面,仿佛从出生伊始,胡唯乐就有抚平创伤的天赋。

好吧,这种天赋遭遇过唯一的滑铁卢就是在面对他妻子的时候,不过这则孤立事件只是个例外,反而更加印证了除此之外的百战不殆。

总而言之,没人能够抵挡他的快乐和好心情,哪怕是他的祖母伊策尔·奥伊——老人家自从儿子娶了白人媳妇之后就没有过好脸色,看到刚出生的胡唯乐时却开始微笑。她叫这个新添的孙子 Che’ehunche’eh Wich,在玛雅语里的意思是:笑面人。

直到胡唯乐出生前,赫苏萨和伊策尔一直无法融洽相处。原因显然与种族有关。伊策尔是地地道道的玛雅土著居民,完全不能接受自己的种族里混入赫苏萨的西班牙血统。多年来,她都避免造访儿子的家,孙辈们也是在完全没有祖母关心的环境下长大的。她的这种拒绝心理甚至发展到以不会说西班牙语为借口,成年累月都不和儿媳说话。

赫苏萨看出来,要想和婆婆交流必须学玛雅语,但是她很快发现,一边照看十二个孩子,一边练习一种与自己母语截然不同的语言太困难了,所以她和伊策尔之间的对话总是极为稀少而且效果糟糕。

胡唯乐的诞生改变了这一切。祖母重又开始频繁地出现在儿子家,只是满心想离这个孩子更近一点,她从未这样对待过家中的任何其他孩子,孙辈中其他的孩子好像都从未引起过她的注意。但在第一眼见到胡唯乐的时候,她就被那张微笑着的小脸迷住了。

胡唯乐如天赐的礼物一般降临在这个家里,这份礼物太过美好,大家甚至都不知道该放在哪里才好。他和哥哥们年龄相差很大,在家中好像独生子一般,而且,因为有几个哥哥已经结婚生子,和他一同玩耍的通常是他的侄子们。赫苏萨要同时扮演妻子、外祖母、婆婆和儿媳的多重角色,大多数时候胡唯乐不得不与仆人作伴，直到祖母伊策尔的出现。胡唯乐是老人家最宠爱的孙子，就这样，他和祖母共度一天中大部分的时间，外出散步，嬉戏或者谈天说地。当然，伊策尔是用玛雅土著语和孙子聊天，这让小胡唯乐成为她孙辈里的第一个双语孩子。正因如此，从五岁开始，这个孩子就承担了为全家人当翻译员的任务。对一个这么小的孩子而言，翻译员的工作十分复杂，比如他必须区分得出，当母亲赫苏萨说到“海”的时候，她指的是家门口全家人都去洗澡的那片海；而当祖母伊策尔说到“K’ak’nab”这个单词的时候，她指的不仅是大海，也可能是“海夫人”——月相的一个阶段，与潮汐巨变有关。在玛雅语里，这两个意象恰好同音。所以，胡唯乐在翻译的时候，不仅要注意词与词之间微妙的不同，还要留心母亲和祖母说话时声音的转调变音，元音音韵的张力，以及面部表情和嘴部运动的差异。

尽管困难，胡唯乐却做得很开心。在翻译的时候，他当然不只是直译出字面意思，而是总会添加一两个词来缓和母亲与祖母之间的紧张气氛。随着时间的流逝，这种小聪明让两个女人的关系日渐好转，以至于互相喜爱。如是经历让胡唯乐发现，词语拥有惊人的力量，能让人心疏远或靠近，他由此懂得，重要的不是使用哪种语言，而是在说话交流时抱有怎样的目的。

所有这些听来容易，实则相当复杂。祖母伊策尔让胡唯乐翻译的话多数时候并不完全是她真正想表达的意思。她会减弱嘴唇的张力，削弱元音的音韵，像胡唯乐这样单纯的小孩子听起来，就明显感到祖母在努力吞掉一些单词。不过，有意思的是，胡唯乐能清楚地听出被吞掉的单词，尽管祖母从来没发出那些音。整件事情中最有趣的地方在于，恰是这些“被沉默”的音节代表了伊策尔真正想说的话。所以胡唯乐毫无顾虑地就把这些难以辨清的低语一并翻译了出来，并且说得很大声。当然他完全没有恶意，恰恰相反，他的最终目的始终是调解，说出这两个他最亲的、对他都很重要的女人都努力忍住不说的魔力词语。这一点上，伊策尔和赫苏萨之间的那些争吵都是明证。胡唯乐毫不怀疑当这两人中的一人说黑色的时候，实际上想说的是白色，反之亦然。

不过，年岁尚小的胡唯乐始终无法理解为什么她们要把生活弄得这么复杂，以至于搅扰到她们身边的所有人——两人间的任何一场争吵都会影响到家中的所有成员。两人之间简直没有一天是安生的，她们总能找到理由吵架。如果赫苏萨说印第安人比西班牙人更蠢，伊策尔就会立刻反击说西班牙人比印第安人更加令人恶心。总之，两人从来不乏素材，而这其中，毫无疑问最让伊策尔看不惯的是赫苏萨的生活习惯和习俗。

伊策尔一直担心她的孙辈会接受一种她认为并不属于他们的生活方式。这正是她宁可不出现在儿子家的主要原因之一——她不想看到儿媳妇教育孙辈们的方式——但是现在既然回来了,她就下定决心要把自己最宠爱的孙子胡唯乐彻底从这种方式中解救出来。

为了使胡唯乐不忘记祖先,伊策尔不仅给他讲玛雅故事和神话,还讲玛雅印第安人打仗中的奇闻轶事,希望借此让这个孩子保有自己的历史传统。她最近给他讲的是卡斯塔斯战役。在那场起义中,大约有两万五千名印第安人献出了生命,而老祖母当然在战争中扮演了重要角色。尽管最终战败,也有好事发生,那就是她的儿子里布拉多得以掌管当地最重要的龙舌兰出口企业之一,后来,他和一个西班牙女人结婚了。最后这一条可不寻常,要知道尤卡坦半岛从来不像西班牙人攻下的其他城市那样愿意接受血统混合。在殖民地时代,从来没有哪个西班牙人会在这里的印第安村庄待超过二十四小时。他们从不与印第安人联姻,结婚的时候会去古巴,娶的也都是西班牙女人,从来不会是土著姑娘。所以一个玛雅印第安男人迎娶一位西班牙新娘实在太不寻常。

但是,对伊策尔而言,这场婚姻却没什么值得引以为豪的,反而意味着某种危险。证据就是她的孙辈里除了胡唯乐没人会说玛雅语,喝热巧克力居然配牛奶而不配水。谁听厨房里这两个女人的激烈争吵都饶有兴味，除了胡唯乐，因为他得翻译。这种时候，他必须比平时更加集中注意力，因为他知道自己翻译出的任何一句话都可能被理解成宣战书。有一天，两人的情绪持续升温，言语间各种冷枪暗箭不断，这让胡唯乐手足无措，尤其是看到祖母说的那些话明显让母亲恼怒不已。最不可思议的是伊策尔和赫苏萨谁也没真在为热巧克力的问题争吵。那不过是个借口。

伊策尔真正想说的是：

“听着，姑娘，告诉你，我的祖先曾经修建起宏伟的金字塔、天文台和圣殿，他们在天文和数学方面知道得比你们多多了，所以你别想教我什么，尤其是该怎么做热巧克力。”

而伶牙俐齿的赫苏萨本想还击的是：

“听我说，婆婆，您太习惯瞧不起任何不是您种族的东西了，就因为玛雅人太能干，太伟大，但你们天生就是分裂主义者。我再也不准备忍受您这种态度了。既然这么瞧不起我，就请您别再来我家喝我的热巧克力。”

最后，形势越来越严峻，两人都全副武装，调动所有的神经捍卫自己的观点，胡唯乐甚至开始害怕会有不幸的事情发生。所以，当母亲赫苏萨彪悍地让他传达说：

“儿子，跟你奶奶说，我不接受任何人来我家指指点点告诉我该怎么做事情，我不接受任何人的命令！更不接受她的！”

胡唯乐只好把这句话翻译成:

“奶奶,我妈说在这个家里她不接受任何人的命令……不过,除了您的。”

听到这句话,伊策尔的态度大变,平生第一次,她感受到这位西班牙儿媳给予了自己应得的地位。而赫苏萨也诧异不已,她从没想到伊策尔听到这样富有攻击性的话还能温和地微笑以对。从最初的不可置信中反应过来以后,赫苏萨也回报以微笑。结婚这么多年,这是她第一次觉得自己被婆婆接纳了。就这样,胡唯乐只用了区区一句话,就让两人都得到了自己寻求已久的东西:对方承认自己的价值。从这天起,伊策尔不再过问厨房里的事,全然相信自己的指令已经被一字不差地执行,而赫苏萨以为婆婆接受了自己的生活方式,就更加亲切地对待她。整件事情里,胡唯乐是满足感最强的人,整个家都因为他的调解而回归正常。由此,他发现了词语的力量,所以,从小就在家当翻译员的他想当一名电报员(而不是消防队员或者警察)就毫不奇怪了。

一天下午,这个想法变得具体起来,当时胡唯乐正躺在吊床上,在父亲身旁,听他说话。

墨西哥大革命[①]早在几年前结束，不过那些骚动年月里发生的故事还在口口相传。那个下午，父亲的故事是关于电报员的，胡唯乐津津有味地听着。午睡醒来听父亲讲故事是最让他开心的事。

热带地区天气炎热，大家只能睡在后院挂着的吊床上，那里能吹到海风。全家人躺在那里，面朝大海，小憩片刻或是谈天说地。轻柔的海浪声引领胡唯乐进入沉沉梦境，直到家人聊天的细语声在美妙的摇晃间唤他醒来。父亲的话一丝一丝渗入他的梦境，他意识到自己已经回到房子里，该是发挥想象力的时候了。就这样，胡唯乐揉揉眼睛，全神贯注地听父亲讲故事，完全将令人昏睡的炽热抛在脑后。

那天父亲讲的是比利亚将军[②]与电报队的故事。比利亚将军作为战功累累的军事战略家，功成名就的关键因素之一就在于他始终重视电报通讯。他清楚电报是十分有力的武器，更懂得如何将它用到极致，别具匠心地运用电报攻

① 墨西哥大革命(1910—1928)是为推翻时任墨西哥总统波费里奥·迪亚斯的独裁统治而爆发的起义。文中所提到的攻占华雷斯城发生在1911年。——本书中如无注明，均为译注。

② 比利亚将军：即弗朗西斯科·比利亚，或称潘乔·比利亚，墨西哥革命重要的起义军领袖，率领“北方军”作战名噪一时。

破华雷斯城就是明证。

华雷斯城地处美墨边境，因其地理位置险要而成为重要堡垒，兵力配备精良。比利亚不想与联邦军正面交锋，又不能跨越边境从美国一侧进攻，所以他决定挟持一列从奇瓦瓦城[①]驶往华雷斯城的运煤火车，施以特洛伊木马计。他麾下的全体将士都登上了这列火车，在到达第一个经停站时，他们俘获了火车上的电报员，用自己的电报员取而代之。这位电报员向政府军发出电报说："比利亚在追，怎么办？"

收到的回复是："速回华雷斯城。"他们欣然照做。傍晚时分，这列火车抵达华雷斯城，守城的政府军一路大开绿灯，等发现火车里装的不是煤而是满满的武装士兵，为时已晚。比利亚就这样几乎兵不血刃地攻下华雷斯城。

俗话说，明白人不必细说。父亲的一句"要是没有电报员，这一仗比利亚将军就不可能打赢"，使那位无名电报员的英雄形象在胡唯乐的脑海中瞬间高大起来。他暗自想，既然父亲如此崇拜那位电报员，那自己也要当电报员！胡唯乐不想再和十一个哥哥姐姐争宠，他们都比自己年长许多，不是律师就是医生，要么舞技超群，要么绝顶聪明，个个才华横溢。胡唯乐总觉得父亲更喜欢和他们说话，更喜欢他们讲的笑话，以至于更看重他们取得的成就，而自己则被

① 奇瓦瓦城：墨西哥北部重要城市，是美墨边境奇瓦瓦州的首府。

忽视了。所以他更加希望能脱颖而出，成为父亲眼中的英雄——没有比当电报员更合适的办法了。胡唯乐知道，自己在倾听和传递讯息方面有奇特的天赋，胜任电报员的工作应该无须费力，这让他更加坚定而迫切地渴望成为一名电报员。

怎么才能当电报员？在哪学？学多久？胡唯乐像放连珠炮一样问出一连串问题，父亲立刻回答了他。最让他激动的是，原来当电报员必须熟练运用摩尔斯电码，那是一种少有人懂的交流密码。

这简直太棒了！如果收到的信息只有他能看懂，就可以收放自如地翻译了！胡唯乐已经可以看见自己帮助恋人重归于好、化解婚姻危机、消除敌对情绪的样子。毫无疑问，他会成为世上最好的电报员。他打心底这样想，看看母亲和祖母的关系是怎么得到改善的，掌握摩尔斯电码不会比那更难。胡唯乐自知天赋异禀，没人能像他那样"听见"别人想表达的真正情感。只是，在那一刻，小胡唯乐尚不能预见到，自己最大的天赋在多年以后会变成他最大的不幸；能听到难以启齿的秘密、渴望和欲望并不像看上去的那样美，总能知道别人的所想所感将会带来很多烦恼，还会使他经历一生中最大的感情挫败。

当然，在那个洋溢着欢声笑语的时刻，有谁会告诉胡唯乐生命将如此艰难？谁又能预言有一天，他只能僵直地躺在病床上，以一种近乎植物人的方式终了余生，再不能和周围的人交谈沟通？谁能想到呢？

“嘿，老胡！感觉怎么样？”

“我……”

“哎呀老兄，我看你很好嘛。”

“呃……我……不……”

“怎么了？我看上去这么糟糕？”

“不不，丘乔叔叔，爸爸是说他看不见你，不是说你看上去不好，你没让他把话说完。”

“抱歉老兄，主要是你说得太慢，让我不得不插嘴了。”

“是啊，这个问题给他带来很多麻烦。上一回，照顾他的护士奥洛丽塔问他想不想下床吃饭，他说是，不过要先去趟厕所。奥洛丽塔立刻就把他抱到轮椅上，推去了厕所。她手脚麻利地扶他站起来，准备帮他拉开裤子拉链。这时候爸爸才慢条斯理地说：‘不，我只是想洗个手……’奥洛丽塔哈哈大笑起来，问他：‘拜托，胡唯乐先生，那你为什么还任由我拉你的裤子拉链？’爸爸回答说：‘我以为您要做什么好事！’”

“哈哈老兄，你完全没变，不是吗？”

“当然没有……干吗要变？”

“丘乔叔叔，爸爸一直是个笑话大王吗？”

“一直都是……对不对，老胡？自打我认识他那天起就这样。”

“那是多大？”

“唔吁！我都记不清了，应该是你爸爸九岁我六岁那年。那时候他刚从普罗格雷索搬来，因为你爷爷工作的出口公司倒闭了。我还记得第一次见到他的时候，他们刚到火车站，脚边还放着箱子。我一眼就注意到他了，因为他居然穿着短裤，像个小水手——跟你说，当时街坊里所有的孩子都在笑话他。我们问他是不是弄丢了自己的海。还问他化装舞会在哪开呀。你知道的，孩子们会做的事儿。”

“那我爸做了什么？”

“没什么，他也笑了，对我们说：‘没什么化装舞会，不过，没人告诉你们我把海也带来了吗？就在那儿，看，海浪来啦！’我们全都傻乎乎地转身去看，你爸爸就开始哈哈大笑。从那天起，我们就成了好哥们。我们都住在阿尔萨特街，你爸爸住在 27 号，和我家门对门，所以我们每天都泡在一起，没什么能分开我们。后来我家搬到了纳兰霍街，胡唯乐一放学就会过来。我们很喜欢在街上玩，那时候半天都来不了一辆小汽车，更别提公共汽车了，所以不像现在还有被车撞到的危险。生活大不相同，那时候可美了，哪像现在，晚上都不能自己出去，不然会被打劫，看我，上次被打得进了医院。治安太差了，连街角那家药店——你还记得吧，胡唯乐？——都得在窗户上装铁栅栏防盗。那时候冈萨雷斯一家住在楼上，晚上我和你爸趁他家的女孩们睡觉前，偷偷跑去想看她们换衣服。胡唯乐，你听得到我说话吧？趁你没法反击，我要跟你女儿讲讲故事，你不会打断我的，对吧？”

“算……你赢了……”

“一想到你没法动手我就特心安……不然的话……对了，你知道你爸爸是个拳击高手吗？”

“不知道啊。”

“老天！他可狠了！有一次他甚至给了丘埃科·洛佩斯一拳——丘埃科可是我们那儿有名的拳击手，那时候正在追你妈。”

“真的？”

“是啊，当时我已经搬到纳兰霍街了，有一次聚会上，我们三个站在阳台上，丘埃科爬到一根杆子上就是想跟你妈说句话，结果你爸大发雷霆，跟他打了起来，还赢了！”

“他为什么生气？当时他已经是妈妈的男朋友了吗？”

“没有，八字还没一撇呢，我刚介绍他俩认识。问题出在胡唯乐说他不尊重你妈妈，可是说实话，胡唯乐，我当时就在场，完全没听出他说了什么侮辱人的话啊……”

“他是没说出来……但是他这么想了！”

“哈哈，真有你的！”

“所以说，丘乔叔叔，是您介绍我父母认识的？”

“是啊，所以你爸一直没原谅我，是不是，老兄？”

“没有……”

“那你现在该原谅我了，要知道，那可全是你的错。那天要是你没打可怜的丘埃科，就让他去追露恰、和她结婚，你可就完全不会是现在这样了……”

“我很崇拜丘埃科，哪……能……这么做？”

“可怜的丘埃科·洛佩斯，人特好。就是他教我拳击的。他是个伟大的拳击手，一直打到墨西哥大区赛和自由大区赛。他可是我的老师，我上学的时候个头小，总是被欺负，所以我就去求他教我两招。他答应了，在他家那间吊着大沙袋的地下室里给我上了入门课。他跟我说，拳击里最重要的是永远不要闭眼，你一闭眼就给了别人关键一击的机会，所以我就跟胡唯乐说，听着老兄，露恰打你的时候，千万别闭眼，但是他从来不听我的……不过，好吧，生活是他自己的。可怜的丘埃科日子也很难过，他太爱喝酒，最后成了龙舌兰酒吧里的小杯服务生……”

“小杯服务生是什么？”

“就是那些上小杯装龙舌兰酒的服务生，不过那都是过去的事了，现在没有了。一切都结束了。丘埃科死了，我们还要继续活下去……所以我要在活着的时候尽可能过好。我现在改打保龄球了，特喜欢，每周打三次，球友们都是七十岁以上的老头老太。有一个刚过完九十大寿，还继续打球，并且打得很好，想想，那么大岁数了，还拿得动十磅重的球。唯一的坏消息就是他们已经开始收钱了，一场比赛要八十比索，太贵了，就我们那点养老金，上哪儿有钱去！不过这难不倒我。有一天我在苏丽万街上发现，一家鞋店二楼有个保龄球场，一个姑娘和一位先生在那儿打球，我问他们我能不能打，他们说每天早上都有国家工作人员社保委员会的退休职工来打球，我跟他们说我也退休了，但只属于普通的社会保险委员会①，他们说没关系，我也可以去。费用是十八比索一场，退休职工只收九比索，还额外赠送咖啡。而且我和老板娘关系不错，她每次都给我两三杯，因为我经常给她带巧克力。我都打了三十年球啦，水平马马虎虎，不过我已经很满意了，平均水平也就一百五十分到一百六十分，不过有一次居然超水平发挥打了五百分。几周前我在三场比赛里一共拿了五百八十三分！你觉得怎么样，胡唯乐？胡唯乐，你不听我说话了吗？”

“没有，丘乔叔叔，他有时候会突然那样。就好像是累

---

① 此处“社会保险委员会”全称“墨西哥社会保险委员会”，前文“国家工作人员社保委员会”全称“墨西哥国家工作人员社会服务与保险委员会”，是墨西哥社保体系中的两个不同委员会，面向不同阶层的对象。

了，或者别的什么我不知道的原因，尤其是我们提到妈妈的时候。”

“唉，真遭罪！她没来看过他？”

“没有，她不想来。”

最后这句话，我说得小心翼翼，几乎是偷偷说的。我知道父亲的耳朵久经训练，可以听见两个同时进行的对话。他的目光看似迷失在记忆里，不过我清楚地知道这并不妨碍他继续听我们交谈。多年电报员的经历让他能够以惊人的水准同时处理两种甚至三种语言。

我实在不想让他听到母亲对他生病的看法，尽管，哪怕已有十五年不曾凝望她的眼，他可能已经知道她现在的想法了。

他记忆里的母亲是什么样呢？分手那天的模样，还是初次相见的眼神？或者，是那一天阳台上的侧影，曾经激起那些仰慕者全部欲望的侧影。

那我的母亲呢？她记忆里的父亲是什么样？她能想象他病成这样吗？黄昏时分看完电视剧的时候，她会想起他吗？如果会，她的脑海里浮现出的是什么样的画面？我不禁自问：那段最美好的旧时光里他笑起来的模样，她还描摹得出吗？那一年，北磁极在大海的眼眸里掀起风浪，暗潮涌动，他和她在韦拉克鲁兹广场上跳起坦桑舞[①]。

① 坦桑舞源起古巴，后传入墨西哥并进一步发展，尤其在韦拉克鲁斯州、瓦哈卡州和墨西哥城的主要广场上，每逢重大节日人们都会翩翩起舞。

第二章

坦桑舞的旋律淹没了整个韦拉克鲁兹广场。一对对舞伴像天鹅一般优雅地在广场上移动步伐,每踏一步,身体都吐露出性感。空气里弥漫着可以用小刀划破的恣情与惬意。

所有人当中,有一对格外引人注目,那是胡唯乐和他的妻子。胡唯乐一身白色亚麻西装,妻子露丝·玛利亚一袭丝质长裙,同样也是白色。衣装的颜色衬托出他们古铜色的皮肤。过去的一个月里他们每天都去海滩,日光浴的效果已然明显。太阳的炽烈热能积聚在他们体内,散发出热力、激情与欲望。露丝·玛利亚(平时大家都叫她露恰)轻柔地扭动着臀部,在如此感官刺激的指引下,胡唯乐用手加大妻子身体的摆幅,躁动、炽烈、翻腾与不羁如海浪般袭来,他的体温不断攀升。他的手指素来习惯于以超乎寻常的速度传递电报信息，此时却只想单纯地在妻子脊背的末端小憩，不过它们并非全然不动，而是每时每刻都记录着运动、热浪，以及藏在皮肤之下的欲望。他的指尖像饥渴的触角捕捉露恰的大脑发来的电波，仿佛这跟随音乐节拍的指令是专门发给他的。露恰无须用言语告诉丈夫自己对他的爱意与渴望，这些话早已和欲望以相同的速度传递，所以她完全可以在发送爱的信息时略过这个部分。接收任何爱欲之言的唯一条件就是需要一台灵敏的接收机，而胡唯乐的接收机与生俱来，异常灵敏，就安在心房的正中央。无论多少信息，他都能收到。当另一颗心发出信息的时候，不管那个人是否想让这条信息公之于众，胡唯乐都收得到，在那些信息被转化成言语之前，他已经熟练地拦截到它们的含义。

这种熟练时常会给胡唯乐带来麻烦，因为人们并不习惯暴露自己的真实目的，他们更习惯掩人耳目，将目的隐藏在华丽的词藻之下，或者索性沉默不语以求不与社会纲常相悖。

欲望与言语的不一致让人与人之间的沟通问题层出不穷，更为个人或民族双重道德标准的滋生提供了温床——说的是一套，做的是另一套。人们通常总是听凭言语的指引，当他们看到一个人的行为完全与他宣称的不同时，就会陷入困惑。发现这种虚伪会引发不小的失控，有意思的是，这些人宁愿被蒙骗，也不愿陷入失望的境地，他们宁愿接受一个谎言,也不想听胡唯乐对一个人的真实目的进行言之凿凿的解读。胡唯乐已经习惯了人们在他说实话的时候喊他骗子。

好在,他们跳坦桑舞的那天,妻子体内跃动的电流无须解读,她心之所想与他心之所求以一种绝对的方式达成完全的统一。翩翩起舞的时候,他已经从彼此身体的律动中预见到回家后等待他的欢愉。

彼时,他们新婚燕尔,唯一在乎的事就是在不同城镇的各个角落不断探索彼此、接吻和相爱(胡唯乐作为临时电报员会在各城镇正式电报员休假时前去代班)。这次轮到了美丽的韦拉克鲁兹城,这对热恋中的情侣简直感激万分。

被点名去韦拉克鲁兹城对夫妻二人而言都恰是时候,尤其是胡唯乐,经过此前几个月的事端他已精疲力竭,亟需休息,而海水的浸泡、咸味的沙滩、鱼腥的气息,还有“堂区咖啡店”的咖啡是最好的滋补良方,比露恰硬塞给他的“苏格兰乳液”有用得多。海鸥的鸣叫,手摇扇的动静,海浪在岸上破碎的声响,对胡唯乐而言都是最好的宽慰。这些声音为他传来童年的快乐时光,只要与它们沟通,他就能重新感受到生命如此美丽,如此一来,实在没有什么比与妻子做爱更重要的事需要去做。实话说，他得承认无论是韦拉克鲁兹还是别处，就算到了南圻[①]，哪怕在上班，他想的也尽是云雨之事。

发送电报的时候，他会不断想起自己的手指抚过露恰最私密的地方，拨弄她的阴蒂，冲那里发送摩尔斯电码，她虽说听不懂，也会直白地用迷醉的激情予以回应。由此看来，胡唯乐是无法完全从工作中脱身的，当然他的工作也不能与爱情之事分离。他的理由是这两件事之间有着紧密的联系。比如，它们都需要电流才能运转。电报员配备有光缆，在那些尚且没用上电的小村庄，要想发电报全靠一些高三四十厘米，直径十五厘米的玻璃瓶，里面放进硫酸盐块，再注满水。在瓶子的顶端放一根铜质的弹簧，两端的触点一头接在水里，另一头连接弹簧。一边正极，一边负极。这样的瓶子起到了伏打电堆[②]的作用，成组摆放使用即可达到所需电压。

阴道的原理与此相仿——潮湿的环境，恰好能与进入的阴茎 (精妙复杂的铜质弹簧) 相接触的大小，产生一股强烈的电流。

---

① 南圻：越南南部、柬埔寨东南方的地区，法国殖民地时代法属越南三大地域之一，首府西贡。文中胡唯乐并无机会去到此地，可见为借遥远陌生之地作夸张语气。

② 伏打电堆：也称伏打电池、伏特电池，是第一个现代的化学电池，在 1800 年由意大利物理学家亚历山卓·伏打伯爵发明。伏打电堆由多个单元堆积而成，每一单元有锌板与铜板各一，其中夹着浸有盐水的布或纸板作为电解质。

胡唯乐的电堆维持时间很短——这是好事也是坏事（要看怎么看待）——所以没过多久他就想重新充电。露恰和他每天早早起床，做爱，然后胡唯乐去上班，发些电报，回家吃午饭。午饭后他再和露恰做爱，然后回去上班。再发些电报，下班回家。晚上他们会出去散散步，吃晚饭，临睡前再做一次爱。唯一不同的是，此刻他们在韦拉克鲁兹，每天都有时间去海滩。新婚燕尔的日常生活就是这样。不过最近胡唯乐发现了一些变化。不是说他们的感情疏远了，妻子的怀孕也没有妨碍什么，只是他总觉得有一种干扰搅乱了两人之间的能量互递。他不知该如何解释，但是他感觉到露恰对他有所隐瞒，有一个不敢表达的想法。胡唯乐看不清那是什么，却能感受到有什么在妻子的血液下奔流。这并不难解释，只要注意到人的心思其实就是一股流动的电流，最好的电导体是水。血液中水的含量丰富，所以做爱时产生的能量互递让胡唯乐能毫不费力地"感受到"妻子的想法。妻子的私处就是他的能量接收器，是他的"露丝牌"电厂①，而最近他感觉到电压有变，并为此备受煎熬。胡唯乐感到很绝望。他向露恰问起过，却被她否认了，而胡唯乐又没有一件类似电报员查控电压的工具能捕捉到妻子隐瞒的想法，只能眼睁睁看着自己的猜疑加重。他多希望能把人心的电流也转换成语言，如果有一种电码能做到这一点

① 此处一语双关，露恰的名字"露丝"（Luz）正是灯光的意思。

就好了！如果能发明一种心思解码器该多好！

在他看来，心思一动，就以实体的形式存在，成为一种能量，在宇宙空间里振动着，安静而不可见，直到有一台接收机捕捉到它，根据情况转化成书面文字、声音或者图像。胡唯乐坚信终有一天，有人能发明出一台可以把人心转换成图像的机器。这是不可阻挡的趋势。但是眼下，胡唯乐只得继续使用手头唯一可信的接收系统，也就是他自己。或许，他只需完善自己捕捉更微妙波长的感知力，就能提高与周围世界沟通的能力。

胡唯乐坚信，从最娇小的花朵到最遥远的银河万物皆有灵，能感知，会思考。万事万物都有自己独特的振动频率，都在用自己的方式说着“我在这儿”；所以，可以说，宇宙星体都会说话和相互交流，能发出讲述自己隐秘想法的信息。古老的玛雅人曾经感受到自己与太阳之间存在思想联系，因而相信如果有人能与那星体之王建立起联系，可能不仅收得到太阳的想法，更能体会到它的欲望。作为那个曾经如此璀璨的族群尊贵的后裔，胡唯乐喜欢打开自己的感官，伸展自己的知觉，直到抱住太阳，抱住星星，抱住另外一个星系——他想找到一个信号，一条信息，一种意义，他想找到正对他说话的那一次跳跃的振动。

假如从来没人去捕捉它们的脉搏，假如从来没人懂它们，假如它们发出的信号只能在时空的黑夜里漫无目的地游荡，那多悲伤！

通常而言，没有什么比找不到接收者的信息更让胡唯乐心烦意乱。他是如此出众的信息接收者，他就是为翻译各种形式的沟通而生，看着一条信息始终得不到回应却无能为力，那条信息就在那里，飘浮在宇宙空间里无人接收，这让他感到很绝望。就像一次爱抚永远触不到皮肤，就像新鲜的无花果无人理会，默默贬值，没人去吃，最终只能在房子里腐烂。最糟糕的——胡唯乐想——是有很多信息永远没有机会敲门，只能停留在时空里，漂泊不定，没有方向，没有主人。到底有多少这样无形、沉默而不被听见的存在跳动着，环绕在一个人、一个星球或是太阳周围呢？这样简单一想就让胡唯乐充满负罪感。他觉得很悲伤，仿佛接收所有别人收不到的信息是他的职责。他多希望能对全世界说，是的，他收到了它们的信号，他珍视这些信号；最重要的，他想告诉它们，那每一次振动都没有白费。随着岁月的流逝，胡唯乐发现，向所有人发出“信号已接收”回执的最好方式，就是真诚地帮他们填满内心深处的欲望。

这种情绪大概开始于很久以前的一天——那天祖母带他走进原始森林，领他来到一处尚未被考古学家发现的秘

密地方。在那里,他看见一座玛雅石碑。在个子还很小的孩子眼里,那座石碑简直是巨大无比,很难一眼望到尖。石碑的魅力也同样巨大,上面铭刻的象形文字对于任何看见它的人都有莫大的吸引力。伊策尔和胡唯乐盯着石碑看了很久很久,老人家还点了一支雪茄。那雪茄是她用煮熟的玉米叶卷着烟丝自制的,是那种玉米的叶子,一种力道十足的烟。伊策尔花了很长时间抽完这支雪茄,而这段时间里,胡唯乐一直在全神贯注地观察石碑上的象形文字。

“奶奶,这上面说了什么?”

“孩子,我也不知道,石碑上记录的应该是重要的日期,但是已经没有人能解读它们了。”

小胡唯乐心中一惊。既然玛雅人花了那么久的时间、那么大的精力在石头上刻下这些日期,一定是因为他们真的觉得很重要。怎么可能被人忘记呢?他无法相信。

“可是,奶奶,真的没人知道它们是什么数字吗?”

“不是这样的,我们知道它们各是什么数字,但是不知道它们对应日历里的哪个日期,因为玛雅人有一套自己的历法,要想翻译那上面的文字,我们缺的就是这个重要线索。”

“那有谁知道呢?”

“没人知道。自从美洲被征服,打开这些文字的钥匙就遗失了。我跟你说过的,西班牙人焚烧了大量古抄本,所以很多关于我们祖先的事就再也没人知道了。”

伊策尔用力吸了一口烟,胡唯乐几乎哭出来。他拒绝接受一切都失传的事实。不应该是这样的。那块石头在对他说话,尽管他还听不懂。胡唯乐确信自己能破解封存在石碑里的秘密,至少,他要试一试。

他学了很多天玛雅计数。那是一种二十进位计数法,从一到二十,用点和竖杠书写。有意思的是,多年以后,玛雅计数法让他学摩尔斯电码时轻松了很多。不过此时此刻,他并没去想以后要做电报员,一心只为找到破解玛雅历法的钥匙。伊策尔高兴坏了。看到自己的孙子埋头钻研古玛雅文化,她心中充满了骄傲与满足。她终于能安然离世,确知家族中有人能成为这片土地精神的继承人。她很确定胡唯乐不会忘记他的玛雅祖先。

伊策尔微笑着、安详地离开了。胡唯乐虽然伤心不已,却也心存感激。因为祖母刚刚过世不久,他们居住的城市普罗格雷索就被所谓的发展以丑闻般的方式打破。伊策尔住在一个叫“普罗格雷索”(意为“进步”)的城市有些讽刺,因为尽管她是一位具有斗争精神和自由思想的女性,也绝对无法苟同那个时代推销的“进步”理念。她接受女性吸烟,为自己的权力斗争,甚至对1916年尤卡坦那场争取流产法案的运动表示支持。但是她坚决反对电报、电话、火车及其他现代进步的到来。在她看来,这些东西只能让人头脑里充满噪音，活得更加匆忙，不再专注于自己真正的兴趣所在。

在波菲里奥·迪亚兹总统的权势下，有过一群可悲的"科学家"，他们以积极的思想著称，某种程度上说，伊策尔觉得眼前的科技进步粗暴地继承了那群人的标志性思想。正是在迪亚兹独裁统治时期，1901 年实证主义医生波菲里奥·帕拉出版了他的作品《墨西哥的社会演变》，这本书后来成为最受尊敬的高雅政府如何看待墨西哥人的清晰写照。它以优雅简洁的方式彻底剥夺了土著遗产的地位，将土著文化隔绝在外，声称在西班牙人到达之前，印第安人只能不出差错地从一数到二十，而他们的算术知识只是用来满足粗浅的日常需求，从来没被当作科学工具。

根据帕拉的说法，墨西哥科学起源于征服者带来的科学，与土著印第安人无关。这种论述不仅种族色彩浓重，更是无知透顶，而且暗藏着伊策尔一直以来担心的事——她担心这些先进科技会成为海市蜃楼，让一些伟大墨西哥人的斗争变得暗淡，比如何塞·巴斯孔塞洛斯[①]、安东尼奥·卡

① 何塞·巴斯孔塞洛斯(José Vasconcelos Calderón)，墨西哥作家、哲学家和政治家，是墨西哥现代发展中最有影响力和争论性的人物之一。他提出的"土著主义"影响了墨西哥社会文化、政治和经济政策的各个方面。

索[①]、迭戈·里维拉[②]、马丁·路易斯·古斯曼[③]和阿方索·雷耶斯[④]。他们曾经试图打破所谓的“科学主义”留下的遗产，想重塑人文“精神”，想找回墨西哥的现实、找回印第安人的传统。

伊策尔清楚地知道，火车的意义并不在于提供了更快到达某地的可能，而是为什么要更快到达。如果不能与精神发展同步进行，科技发展本身毫无意义。这就是她看见的危险——假如没有墨西哥大革命，墨西哥人原本能更清醒地意识到自己是谁，更加迫切地想知道：怎样才能与历史相连？什么时候才能不再想成为不是自己的人？

伊策尔直到去世也没有得到回答，而胡唯乐尽管在一段时间里明显受到祖母去世的影响，也没有把解码象形文字之谜的事弃至一边。数学领域的知识终于让他发现了玛雅历法的秘密。玛雅人仅仅用了十三个数字和二十个符号就把他们璀璨的天文成就囊括在内。他们十分留意围绕自己的天空与星体的运动，不仅能精确预测日食月食，更能

---

① 安东尼奥·卡索(Antonio Caso Andrade)，墨西哥哲学家，和巴斯孔塞洛斯一起创建了青年团(El Ateneo de la Juventud)，这是一个反对当时盛行的实证主义哲学的人文团体，他们反对占据社会主流的种族主义，相信有道德、尽心而追求精神的人类。.

② 迭戈·里维拉(Diego Rivera)，画家，墨西哥著名女画家弗里达的丈夫。

③ 马丁·路易斯·古斯曼(Martín Luis Guzmán)，墨西哥著名政治小说家、记者，被视为以墨西哥大革命为题材创作“革命小说”的先驱，曾为弗朗西斯科·比利亚将军作五卷本传记。

④ 阿方索·雷耶斯(Alfonso Reyes)，墨西哥作家、哲学家、外交官。和巴斯孔塞洛斯、古斯曼一起创建了青年团。

准确估算地球绕太阳运转的轨道长度,与现代科技的计算结果相比只在小数点后一位上有千分之一的误差。对一个没有任何现代测算仪器的文明而言,这样的成就如何解释?——当时的玛雅人甚至还没有发现轮子可以用来运输。胡唯乐的结论是玛雅人和环绕他们的宇宙之间建立起了一种巨大的联系。玛雅人用 Kuxán Suum 来定义人类与银河系相连的形式。

Kuxán Suum 可以被翻译成"连接肚脐[①]到宇宙的天路",这条路从腹腔丛出发一路延伸,路过太阳,最终到达 Humab-Kú,也就是"太阳另一边生命的起始点"。

对玛雅人而言,宇宙万物并非分开独立由原子构成。他们相信万物之间都由微妙的纤维保持联系,也就是说,整个银河系都被包裹在同一个共振的子宫里,信息的传递瞬秒即生。而那些具备必要的敏感度、能接收到万物共振的人,就可以与它们建立联系,即刻接收到所有的宇宙奥秘。

而当 Kuxán Suum 变昏暗的时候,我们自己的回声就会变小,那样太阳尽管在我们面前,却不发一言。

将银河系想象成一个共振箱很有趣。回声意味着再次响起声音,响起声音意味着振动。整个宇宙都在搏动,振动,发声。在哪里?在所有做好准备接收那些能量波的物体里。

① 肚脐在墨西哥各种土著文化里都有非常重要的意义,时至今日,在墨西哥传统家庭里,母亲仍会将自己孩子的脐带装在花盆里,埋在孩子出生的房子中。

胡唯乐发现,比起圆形物体,带尖头的物体捕捉能量时更加敏感,这让他完全理清了祖先修建金字塔、或是现代人建造电报信号塔的逻辑。

通过对这个现象的理解,他推测出自己尖尖的头颅形状有利于充当有力的天线,更好地与宇宙相连;而自己的阴茎则与全世界最深邃最铿锵的共振箱相连——妻子的共振箱。如此一来,胡唯乐拥有了与所有人建立强大沟通的能力,哪怕相隔甚远。令人惊讶的是他与物体也能沟通,甚至是抽象的数字。对这个现象可能的解释是,胡唯乐的高频天线不仅能拦截到万事万物微妙的振动,更能与它们和谐共振。

也就是说,胡唯乐不仅能接收到振动波,更能融入其中,直到自己也以同样的音调和频率振动。就像一根吉他弦听见调音弦的声音而发出相同的音调。那根吉他弦在无人触碰的情况下,与另一根琴弦同时振动,应和着发出回声。对胡唯乐而言,发出回声是对一个说着"我在这儿"的振动最好的回答。那是在说:"我也在这儿,我和你一起振动。"

那么胡唯乐能与数字沟通就不足为奇了。在他对玛雅计数法漫长的研究过程中,胡唯乐已经发现书写数字"5"和数字"4"是不一样的。并非因为它们代表不同的数量,而是每个数字都有自己独特的回声方式,就像音符一样。

所以,胡唯乐能像清楚区分“哆”和“嗦”一样准确地说出一张背扣在桌上的纸牌上写的是什么数字。这让他成为打牌高手,不过有意思的是,他很少打牌,更是从来不和朋友玩牌,因为他觉得利用自己与数字的沟通能力在牌局中获利是不诚实的行为。只有一次,他真的在牌局中使用了这种能力。那是在维查潘,普埃布拉山脉脚下的一座小镇,当时胡唯乐正在那里替休假的电报员顶班。

维查潘是一座平静的小镇。雨水日日绵延。所有的房屋都有宽大的屋檐方便人在街上穿行而不被淋湿。这样的气候让小镇居民生出一种深入骨髓的忧郁,这比持续潮湿的天气糟糕得多。人们经常聚集的地方显然得在室内,属酒馆里人最多。不过在与露恰一起待在维查潘的半个月里,胡唯乐一点也不好奇那人气极高的地方。他更愿意抓紧空闲时间与妻子在床上嬉戏。一天下午,电报局来了老顾客,这位名叫赫苏斯的年轻农民来给住在普埃布拉城的未婚妻露碧塔发日常电报。

露碧塔和赫苏斯计划半个月后成婚。婚礼的筹备工作早早开始,胡唯乐已经帮赫苏斯给未婚妻发了无数封电报,告诉她在教堂举行的婚礼在几月几号,星期几,告诉她会有多少鲜花和蜡烛装点教堂,告诉她婚礼后的宴会上准备杀多少只鸡;甚至胡唯乐都知道赫苏斯想吻她多少下,以及——更重要的——都吻在哪里。

当然最后这条信息并不是赫苏斯透露的。这种保密的交流是在胡唯乐面前从赫苏斯脑海里溜出来的，尽管胡唯乐在看着赫苏斯写电报时也不想捕捉到这条信息，可是就这样，胡唯乐在未被提名的情况下成了这场爱情的共犯。

但是那天早上，胡唯乐一看见赫苏斯走进电报局的大门，就知道发生了严重的事情。赫苏斯低着头进来，异常悲伤而痛苦。雨水顺着帽子倾斜的角度滴下来，打湿了面前柜台上的纸张，当事人却毫无察觉。看样子，赫苏斯连礼貌的举止都忘了，不知什么时候才会摘下帽子。胡唯乐小心翼翼地把一些表格从这场灾难中解救出来，放到没有水的地方，与此同时，赫苏斯正在试图写一份电报，草稿却每每以落入纸篓告终。胡唯乐很明白，赫苏斯要告诉露碧塔的绝不是什么好消息。胡唯乐想帮帮他，于是靠近这个恋爱中的年轻人，慢慢赢得他的信任，终于，赫苏斯向他坦白了自己的痛苦。

赫苏斯沉迷扑克牌，每周五都会去赌场打牌。但是上周五他做了一个不祥的决定，把打牌时间从周五改成了周六，那天恰逢他“告别单身汉”的最后一夜，最终却造成了致命的惨痛后果。他去了牌局，全输光了。全部！要和露碧塔一起住的小庄园，用来付给教堂办婚礼的钱，举行宴会、购置婚纱的钱，乃至梦寐以求的蜜月之旅，全输光了！

赫苏斯显然完全被击垮了。更麻烦的是，他所有的钱都输在堂·佩德罗手上，那个人是当地一霸，不仅为人粗鲁、相貌丑陋，而且损人利已，是个卑贱下流的剥削者，做过的坏事数不胜数。胡唯乐简直不能理解赫苏斯怎么会想和他下赌注。赫苏斯努力为自己开脱，申辩说这完全无法避免，因为堂·佩德罗突然出现在牌桌旁边，问桌上的人自己能不能加入，当然没有人敢拒绝。

这倒是可以接受的解释，然而赫苏斯赌上全部家产的原因依旧不明了。胡唯乐感觉到一定有比醉酒更强大的理由。在听赫苏斯长篇大论将发生一切的责任都归结于喝多了酒的时候，胡唯乐全神贯注于让自己与赫苏斯承受的思想和感情之间产生共鸣，希望以此找到答案。就这样，他发现在赫苏斯悲伤而破碎的目光背后，隐藏着微弱的一丝赢的希望，希望哪怕今生只此一次，他能赢过这个曾经夺走自己家族全部财产的人。

这一发现确实解释了赫苏斯下赌注时的不理智。那样斩钉截铁的赌注几乎带上了某种无能为力的色彩。那种无能为力里，饱含着几代农民在大庄园主手下遭受的所有苦痛。通过与赫苏斯之间产生的共鸣，胡唯乐也能切身体会到那种冒犯、羞辱和无能为力。就在那一刻，他想化身复仇者，帮帮眼前这个手足无措的年轻人。距离婚礼只有半个月了，赫苏斯不知道该怎么告诉未婚妻，这场期待已久的婚礼全部的准备工作都不得不停下来。更严重的是，在距离婚礼这么近的时候，露碧塔可能已经在家人的陪伴下踏上来维查潘的路了，赫苏斯全家则都在维查潘翘首盼望着他们。

怎么解释？怎么求得原谅？完全找不到合适的话。胡唯乐劝赫苏斯说，悲伤绝不是写信的好帮手，心中住满悲伤的他根本写不出哪怕一个完整的句子，不如先回家去，胡唯乐保证自己会亲自写一封电报发出去。

胡唯乐的确写了这封电报，但是内容当然不是取消婚礼，而是告诉露碧塔——以她未婚夫的名义——自己多么爱她。胡唯乐相信没必要再说别的话。至少不是现在。还有很多事要做，他坚信赫苏斯的难题有办法解决，唯一需要的就是时间。既然时间所剩无几，他决定一分钟都不要浪费，即刻开始计划怎样才是讨回公道的最好办法。

这一次，胡唯乐绝不介意使用自己超凡的沟通能力。仅仅是住在维查潘的这段短暂时间，他已经听说了佩德罗老爷犯下的所有无法想象的可怖恶行，比如强奸过好几位十几岁的处女，比如他是怎样剥削手下的工人，怎样大手大脚地抢劫农民满载而归，怎样在斗鸡场上耍花招，而经过刚刚的事，还要加上怎样在牌桌上作弊。

愤愤不平的心情让胡唯乐这个全世界最平和的人也不禁感慨堂·佩德罗怎么在墨西哥大革命中幸存下来了。要是那些革命者趁乱一枪崩了他该多完美！那可简直是造福全社会,而且也就省了赫苏斯现在的痛苦。因为当年革命者的行动不力,胡唯乐别无选择,只有去直面堂·佩德罗的邪恶嘴脸。他艰难地忍到周六,那天晚上他去赌场玩牌。

晚上八点整胡唯乐准时出现,径直走向佩德罗老爷的牌桌,准备押上自己全部的积蓄和当月的工资。堂·佩德罗张开双臂热情地迎接他,像吸血鬼迎接十几岁的少年。他在胡唯乐身上看到了赚钱的好机会。胡唯乐只用了几副牌的时间就发现了堂·佩德罗在牌桌上施加的统治力。如果发给他的第一张牌是A,那所有人就全完了,堂·佩德罗以这样极强的控制力让很多玩家都提前离场,真的留下来陪他玩到大赌注的人必须异常冷静。

而且堂·佩德罗不仅牌打得好,运气也好。有人出三张数字一样的牌,他就能出四张。有人出普通的五张牌同花顺,他就能出皇家同花顺[①]。至于在极其罕见的牌运不好的时候,他就使出虚张声势的老伎俩,用一个惊人的重注让其他玩家相信他有一手好牌。要知道在这种情况下,尽管所有人都质疑他,却没有人敢跟着下大赌注去一探究竟。他们宁可保持自己的怀疑,也好过输得一分不剩。要想探清堂·佩德罗牌技究竟如何需要付出十分昂贵的代价,击

---

① 皇家同花顺:墨西哥纸牌游戏规则里,最大是皇家同花顺,即A—K—Q—J—10五张同花色牌;其次是普通的同花顺(任何五张连续递减同花色牌)、扑克(四张同样数字的牌)、三带二(三张同样数字的牌带一对对子)、五张同色、五张顺子、三张一样的牌、两对对子、一对对子、单张牌比大小。

败他的幻想绝不足以促使人掏出一大笔钱，毕竟在牌局中，一旦开始下注，那就是赔上一个人全部的身家，无论多少。

堂·佩德罗不喜欢输，所以任何能帮助赢牌的惊悚伎俩他都来者不拒，根据具体情况选择使用。而在选择战术的过程中，他很依赖自己解读对手任何举动的灵敏嗅觉——无论是多细微的动作，哪怕只在几分之一秒的时间里发生。比如，如果他看见对手在下赌注前左右摇摆，就推断这人手上连一对可怜的对子都没有，那么他会充分抓住机会主动出击制胜。如果与此相反，对手赌注下得斩钉截铁，他就得出结论这人有一手好牌，自己必须提高警惕。如果对手不仅胸有成竹地将赌注摆在桌上，而且叫了加倍，那他就选择不下注退出这局牌。就这么简单。堂·佩德罗永远不冒险。从来不会感情用事。他精确计算每个人的赌注，当然，他永远都是赢家！

尽管牌技比堂·佩德罗好，胡唯乐还是聪明地让他先赢了几手。这不重要，夜还很长，他希望看到对方的信心爆棚。堂·佩德罗的确落入了圈套，玩了一个小时之后，他坚信胡唯乐只是个中等水平的玩家，对他构不成威胁。忽然之间，胡唯乐就改变了牌局的节奏。当时轮到坐在他左边的药剂师塞萨尔发牌，于是胡唯乐是第一个拿到牌的，能准确地预感到是哪一张。当时他们正在等待发第五张牌，这是堂·佩德罗下赌注的最后机会。在桌上，每个玩家手中握有四张牌:三张明牌,一张背扣在桌面上。佩德罗的明牌是J、8和3,扣在桌上的一张也是J。胡唯乐有一张9,一张7和一张K,扣在桌上的是另一张K。这就意味着他已经有可以压过佩德罗的一对对子了,不过他没有枉然利用这一点。佩德罗想探明他的底细,就提高了自己的赌注,心想如果胡唯乐有一对K,就会叫加倍,但是胡唯乐没有这么做,因为如果佩德罗发现他有一对K,就可能会退出这一局,这是胡唯乐最不希望出现的情况。他满心想让佩德罗输得精光,这正是机会。胡唯乐只是跟着下注,并特意显得犹豫不决。这是佩德罗需要的信号,他将其解读为胡唯乐只有一对可笑的9。

佩德罗镇静了一下。堆在桌上的赌注数量颇为可观,他要把它们全都装进自己的腰包。在发最后一张牌之前,佩德罗把自己的一对J亮了出来,想逼迫胡唯乐亮出一对9,但是胡唯乐还是把自己的那张牌扣着,这就意味着下一张牌塞萨尔必须牌面朝上发给他。胡唯乐很清楚下一张又会是K,也知道佩德罗会拿到又一张J,但那也于事无补,因为3张K可以杀死3张J。当塞萨尔把第五张牌发给胡唯乐的时候,整张桌子都惊讶地吸了一口凉气,一张绝妙的K以慢镜头的姿态落在桌面上,佩德罗沉着地看着这一切。根据他的推断,胡唯乐藏着一对9,现在又来了一对K。他一点都不喜欢这个新发展。胡唯乐已经在牌局中压过他一头。佩德罗把嘴里的雪茄丢掉,全神贯注地等待自己的最后一张牌。既然他已经有四张明牌,这一张就可以扣着发给他。佩德罗慢慢拿起牌,以同样的节奏慢慢看牌。当他看到又是一张 J 的时候,微笑几乎要从嘴角逃出来了。3 张 J!他赢定了。他本可以冲着胡唯乐那对 K 下注,不过还不到时候,他决定放过去。佩德罗的心跳加快了。他已经能预见到自己的胜利,忍住心中的笑意下了九十比索,正如胡唯乐希望的那样。胡唯乐平静地跟了九十比索的赌注,并且用身上剩下的钱追加了二十比索,这是他全部的财产。佩德罗觉得胡唯乐太没经验,过分相信手中的两对对子,以至于没想到自己可能有 3 张 J (事实上正是如此)。就这样,对胜利信心满满的佩德罗也跟了赌注,纯粹礼节性地问了一句:

"要出什么牌?"

胡唯乐回答道:

"3 张 K。"

佩德罗完全无法承受失败的打击,怒火让他满面通红,从那一刻起,他对胡唯乐再无丝毫怜悯,决意要用自己所有的能力和花招让胡唯乐输光。每当胡唯乐下注的时候,他就不跟。反过来,当佩德罗下注的时候,胡唯乐不幸都有很好的牌,不得不跟着下注。就这样,佩德罗又慢慢把胡唯乐刚才那一手赢的钱耗尽了。

胡唯乐很紧张,打得越来越差。无论他如何集中注意力,都没法分辨出即将到手的牌是哪张,更别说预测佩德罗手中的牌了。他无法解释正在发生的情况。他失去了与数字的沟通能力,简直就像蒙着眼睛打牌。他的手心开始出汗,嘴唇变干。接下来的几副牌过后,他几乎输掉了刚刚赢来的全部。最后一轮,胡唯乐有一对7亮在桌上,佩德罗的明牌里看不到对子。最后一张牌发出。胡唯乐的牌并不好,还是只有一对7。他得等佩德罗看到最后一张牌、下出赌注,才能知道对手的牌怎么样。佩德罗尽管暂时还没有对子,牌面却都比自己大很多,只要能凑成任何一对就会赢。佩德罗看过最后一张牌之后,异常冷静地说:

"我赌上你剩下的所有钱。"

胡唯乐在犹豫要不要跟。桌上的其他玩家都退出了,所以只要他不下注,没人会知道佩德罗手上的牌是什么。但是另一方面,佩德罗正逼他付出自己剩下的全部财产!很显然他想把胡唯乐丢到大街上,他一定知道桌上的钱是胡唯乐全部的积蓄。胡唯乐试图计算自己能赢的任何可能。也许佩德罗只是在虚张声势,可是胡唯乐仿佛已经失去了和人、和事物、和数字之间深度联系的能力,唯一解除疑虑的方式只有付上佩德罗要的赌注。就这样,胡唯乐付上了赌注,却痛彻心扉地发现佩德罗有一对J。胡唯乐感觉一股冰冷的浪劈头浇来。他全输光了。输光了。他已经没有什么能用来赌的了。这时候佩德罗嘴里叼着雪茄，拾起桌上的筹码，对胡唯乐说：

“好啦朋友，非常感谢。我相信你已经没什么可以赌的了，是吧？”

“没有了……”

“那你那辆小柏加车[1]呢？不想我们用它玩吗？”

胡唯乐呆若木鸡。露恰和他的确是开着一辆柏加小轿车来维查潘的，可是他从来没想过拿它当赌注，因为这辆车不完全属于他。它是露恰的父母送给两人的结婚礼物。露恰家境殷实，这件礼物是浓浓爱意的昂贵表达，也是为了让他们的宝贝女儿在不得不跟随丈夫四处奔波于“肮脏镇子”的时候能舒服一点。那辆车大约值三千六百多比索。

然而这一次胡唯乐不假思索地说：

“就用那辆车了！”

佩德罗微微一笑。自从他看见胡唯乐在美丽妻子的陪伴下来到这座小镇，他就嫉妒得发狂。他嫉妒胡唯乐的车，也嫉妒他有那样的妻子。这两样事情让他想了很多，觉得胡唯乐配不上拥有这一切。而现在，这赌局意味着他有机会获得其中一样。

他立刻开始发牌，但是胡唯乐打断他说：

“不过我不想再玩扑克了。此时此刻墨西哥城正在举

① 柏加(Packard)：美国20世纪著名的豪华车品牌之一。

行世界中量级拳王争霸赛,我用那辆车,加上所有桌上的钱,赌‘阿兹特克小子’赢。”

对佩德罗而言,这个提议非常诱人,只是超出了他的掌控。他的花招没法影响最后的结果,输赢全凭命运的安排。但是因为整个晚上手气都很好,赢的钱比过往任何一次都要多,佩德罗毫不怀疑地接受了这个赌局。问题是,那场比赛是从电台转播的,知道结果的唯一方式就是等到第二天早上报纸送来。由于当时已近黎明,还差几个小时天就亮了,胡唯乐提议大家数数桌上的钱(确实是一大笔),然后一起去火车站等待报纸送到。到时候大家就会知道谁是赢家,把钱给胜者,事情就结束了。

在场所有人,包括佩德罗,都欣然同意了这个提议,一群人浩浩荡荡开赴火车站。大家显然都对这个不同寻常的赌局兴趣十足,一路上从阿谀奉承到放言预测,各色评论层出不穷。没人不希望胡唯乐赢,因为他们中间大部分人都恨死了佩德罗,而那些暂时还不恨他的也很快就要恨他了。胡唯乐更愿意保持沉默,他离开大部队去旁边抽烟,手插在口袋里盯着远处发呆。其他玩家都尊重他一个人待着的意愿,觉得这种不确定的等待一定快折磨死他了。他们不会想到的是,折磨着胡唯乐的是道德不适带来的焦虑。

墨西哥城里住着胡唯乐从小一起长大的哥们丘乔,他们也是电报局的同事。丘乔是拳击爱好者,去现场看了那天的比赛，在胡唯乐出发来赌场之前，丘乔已经通过电报告诉了他拳击比赛的结果。所以胡唯乐在开这个赌局时，已经知道谁赢了拳击赛。他是在用事实打赌。而现在，这种负罪感凌迟着他。不是因为佩德罗不值得自食其果，而是因为他打破了电报员必须遵守的信用誓言。唯一让他宽慰的是露碧塔和赫苏斯有钱办婚礼了，以及当他回家之后，亲爱的妻子露恰只可能指责他到家太晚，而他们并不会失去他们的柏加车。

谜底揭晓的那一刻，负罪感带来的沮丧让胡唯乐没法享受身边兴高采烈的尖叫。面对所有人的祝贺和拥抱，他怏怏地几乎没抬起胳膊。这场胜利唯一的价值，就是佩德罗看完报纸后，半转过身，骂着娘走远了。

佩德罗根本不懂得输，从来不知道输是什么。而且已经五十岁的他也很难再学会接受失败。他发誓总有一天要报复胡唯乐。

佩德罗离开火车站前向自己发出的那眼冷箭让胡唯乐知道，自己刚刚立了一个终生的敌人。不过胡唯乐并不在意，他知道半个月后自己就会换到帕茨夸罗工作，因而这辈子都不会再和佩德罗有任何交集，却不曾想，命运对他们两人都另有安排。而在当时，胡唯乐满心只想回到露恰的怀抱。他需要休息。他想忘了这个夜晚，回到正常的生活，只是已经太迟了。这个夜晚将成为他一生的分水岭。

有在场的人想请他和大家一起去市场吃点炖肉庆祝胜利，但是胡唯乐完全没有心情，他用尽可能和善的方式婉拒了之后就往家走。他觉得自己是个彻底的输家，怎么可能去庆祝呢！

他失去了和数字的联系。作为接收天线，他失败了。他让电报员的职业蒙羞。所有这些挫败恰恰组成了他人生中最大的成就。而现在连太阳都不发热了。这不是个比喻。轻盈的小雨——当地人管这叫 chipi chipi——温柔地润湿街道。没有嘈杂的吵闹声，却一样扰乱心绪。周遭的潮湿与胡唯乐的情绪保持着令人惊叹的一致步调。多云的天空成了他纾解痛苦的巨大障碍。看不见太阳造成很大不便，他无法与太阳形成联系，无法用阳光温暖自己。

忽然之间，仿佛是天空可怜他一般，云开日出，几道初生的阳光从云隙间逃匿出来。正走在路上的胡唯乐立刻挺直了腰板，要享受破晓的美丽。多年以来，他始终保持向太阳问好的习惯，这已经成为仪式的一部分。祖母教会他崇拜太阳，而他准确无误地沿袭了这项传统，而且在每天工作开始之前，必不可少地一定要寻求宇宙星辰的赐福。

胡唯乐张开双臂、举高双手，向太阳做惯常的致意，但是和往常不同的是，这一次他没有得到回应。太阳不再说话。胡唯乐相信这是给他的惩戒。他从来不应该使用自己作为中间介质、接收者和沟通者的能力去做任何像玩牌赌钱这么肤浅的事。他从来不应该使用保密信息谋求个人利益。可是,他觉得自己受到的惩罚有些夸张了。他承认自己错了,可是并没有那么罪不可赦。这是他第一次在尝试联系时失败。然而,所有这些抱怨与推测统统关乎罪责,却都不是一切的真相。

他不确定太阳是不是就此不再对自己说话,更不确定这是不是惩罚。事实上,当时地球正受到太阳造成的某种大气层异象的影响,每当可见的太阳黑子出现,地球上的电台信号都会失真,于是很难被接收到。那一年,1937 年,太阳正处在完全活动期,所以有可能胡唯乐与太阳的联系方式本身是恰当无误的。同样的现象也解释了为什么他在玩牌时突然就无法捕捉到佩德罗脑海中的思维电波,为什么他发现理解露恰变得异常困难——他的妻子是被北磁极打上烙印的女人,比任何人都更加受到太阳黑子出现的影响。

假如当时胡唯乐知道这些,就能避免很多难题。尤其是他就能理解有时并不是单纯依靠美好的意愿就能与宇宙建立起良好的交流,有太阳黑子从中作梗,总有某一条松开的电缆被留在那里,总有未完成的通话,总有这样或那样的欲望飘浮在宇宙空间里,无法与任何接收器建立联系,不能被传递、被指引,最终变成从来未曾被理解过的陨星。

遗憾的是,直到多年以后,胡唯乐在墨西哥航空公司上电台管理员培训课的时候,他才得知这一切。好在他不用等那么久就已经验证了自己接收信息的能力完好无损，知道自己并未受到影响。去了韦拉克鲁兹之后，在那里，在海边，在露恰身边，在他的玛雅祖先身边，胡唯乐进一步证实了这一点。随着坦桑舞的旋律起舞的时候，他收到一条信息。发信人是他的妻子。这条信息由她髋部的摆动发出，被胡唯乐清晰明了地捕捉到。这样无干扰的沟通多么幸福！短促的一击就能在大脑里迸发出理解的火花。如此时刻，只有性高潮的欢愉能与之相媲美。露恰的髋部有节奏地律动，跟随着鼓点的节拍，仿佛在用摩尔斯电码对丈夫说："我爱你，胡唯乐，我爱你，爱你……"

那一刻，什么都不重要了，一切都很完美。南回归线上的炽热，音乐，小号的独奏，他们内心与欲望的共鸣。

"我想……"

"胡唯乐先生，您想做什么？您想让我给您量血压吗？"

"我想……"

"不是血压？那，您想把头抬起来？"

"我想……"

"也不是？那，您想要便壶？……哦，我知道了，您想喝水！”

“我想……操!!!”

“哎呀,胡唯乐先生！您太粗鲁了！您最好还是接着睡觉吧,来,把眼睛闭上……什么？您想让我把音乐声音调大？……好吧,不过只能调大一点点,不然您就休息不好了。记住明天您的朋友要来看您的,所以您一定要精神饱满帅气地出现。”

第三章

和父亲面对面却听不懂他在说什么,这带给我多么大的绝望。就像看着一座玛雅石碑,那里面饱含着多少知识与智慧,可是对后人而言,却再也无法解读。落日的余晖铭刻在父亲的侧脸,清楚地勾勒出他那张典型的玛雅人面庞——平展的前额,鹰钩鼻,凹陷的下巴。

就在刚才,父亲把脸转过去对着窗户试图逃避。可以想象不能说话对他而言一定是种难以承受的痛苦。他的朋友们刚刚离开,空气里留下一股酸涩而甜蜜的味道。这一点,我想父亲一定比我体会更深。不过,这些朋友的来访对我而言意味深远。他们向我展现了一个我未曾认识的父亲。一个不一样的男人,不同于那个教我骑自行车、教我走路、教我数数、和我一起做作业、永远支持我的父亲。发现这个住在伟大父亲形象背后的男人让我有些不知所措。他的老友们说起的是一个奇怪而神秘的男人,生命中最多产的岁月大都和同事们一起度过。这个男人会喝醉酒、会抛恭维话、会和这个或那个女秘书调情。这个男人在还是个单纯小男孩的时候,喜欢在桑塔·玛利亚·拉·里维拉区的林荫道上踢球。到了懵懂的青春期,他曾经看女邻居怎么脱衣服看得很高兴。这个男人曾经那么多次和这些好朋友一起开玩笑、吃饭、跳舞、唱小夜曲——而他们的下一代之间却在不知不觉中以某种方式相互疏远了。他和老友之间的爱和理解实在令人感动,甚至他们来看望父亲的时候,我不时觉得自己被流放了,远离了他们之间的那场同盟游戏。只需要一句话就足够他们爆发出一阵大笑,足够他们记起一件重要的轶事,足够他们以一种深刻的方式心心相连。

他们来看父亲的时候,我在观察中发现,所有这些玩笑与笑声的背后,隐藏着巨大的伤痛。每个人都付出极大努力不表现出这种伤痛,但是很明显,看到我的父亲成了现在的样子,他们的灵魂疼得撕心裂肺。除此之外,毫无疑问,还有一种恐惧正虎视眈眈——他们害怕有一天自己也会经历同样的命运。

最长时间没见过父亲的雷耶斯刚站到他面前时几乎哭出来。在他的记忆里,我的父亲还是一个强壮、活跃、所有身体功能都健全的人。这样的反差让他很难承受。我能想象他得多努力才能接受那个运动健将胡唯乐、那个故事大王胡唯乐已经不复存在了。他的面前，只剩下一个瘦骨嶙峋的男人，被摆在轮椅上，完全失明，几乎不能说话。唯一值得庆幸的是这个男人还保留着幽默感。正是这种幽默感让所有人跨过悲伤，度过一个愉快的下午。

这些亲爱的老电报员的来访让我清楚地知道，父亲并不属于我。我的父亲，我亲爱的父亲，并不只是我一个人的。他也同样属于他的朋友，属于市中心的那一条条街道，属于那间老电报局里白底蓝纹的大理石楼梯，属于他学会走路的那片海滩。他也属于空气，他最喜欢的元素，他最深刻的想念，因为已经有很长时间，空气都没有随着他说话的声音而振动了。

最近我的儿子费德里科和儿媳罗雷娜来看过我。他们告诉了我和他们的外祖父一个好消息——他们即将为人父母。父亲用微笑表明他对这个消息的想法。在所有的拥抱和祝贺之后，我想到自己未来的孙辈再也不会听到我父亲的声音，心中充满了悲伤。这让我不由得反思，自己听过他的声音、享受过他鼓舞人心的言语，是多么大的特权。父亲的声音！直到此时，我才发现自己有多想念他的声音，有多需要他的声音，我意识到自己有责任把他的声音传递给即将出生的新一代,让那声音永远不会消失。

几天前,为了找到失去的回声,我逛遍了父母曾经住过的老街区。我找到了纳兰霍街 56 号,父亲初到墨西哥城的第一个家。我发现那所房子和他一样破败地老去了。我从未因为一座建筑的损毁如此痛心疾首。为什么没有任何人关心保护国家遗产?难道保护好我父亲学会溜旱冰的桑塔·玛利亚林荫道上的喷水池,还有我父母第一次接吻的摩尔亭[①],对任何人都不重要吗?喉头哽咽着,我走进了乔波博物馆[②]。多少次我曾牵着父亲的手逛过这里。我为它钢铁玻璃的结构感到庆幸,正是这样的结构让这座建筑令人崇敬地承受住了岁月脚步的侵袭。我记得自然历史博物馆还在这里面的时候,曾经有一些玻璃展柜可以让人看见里面一系列穿衣服的跳蚤,精彩绝妙。对我而言,除了穿普埃布拉丝绸的以外,最记忆犹新的就是新郎新娘的那套。新娘穿着白色的长裙,面纱垂下,手中捧着花,新郎则是黑西装黑皮鞋。我以前总说这好像我父母婚礼那天的场景,每次这都会引得父亲发笑,声音回响在博物馆的高高的玻璃厅中,我很喜欢那声音。

---

① 桑塔·玛利亚·拉·里维拉是墨西哥城极具建筑和历史价值的老殖民区,位于现在的墨西哥城古城区的东北角。摩尔亭位于主干林荫道中心,是该区的地标性建筑,其历史可以追溯到十九世纪末。

② 乔波博物馆:位于墨西哥城北区的标志性建筑,因建在乔波街上而得名。始建于 1905 年,1975 年由墨西哥国立自治大学将其变成现在的著名现当代艺术博物馆。

随后我去了一幢老房子，那里曾很多年都是法语学校所在地，是我母亲以前念书的学校。我在学校大门对面的一棵树下反复徘徊，在校门的街对面，想象着我的父亲也曾多少次在这里徘徊，等待着那些被称为“精美的马儿”的富家小姐走出来，她们穿着海蓝色的校服，雪白的衣领、袖口和腰带精致地抽绣在一起。

不知是因为怀旧、悲伤还是二者皆有，在那一刻，我的内心深处有什么东西在回响。我不知道要怎么解释，但是我无法避免地把它和我父亲的声音联系起来，那种质地、音调和温柔。那个古老的、亲爱的、我熟悉的声音。一声几乎很难被听见的低语给予我莫大安慰。我感觉自己被包裹着保护起来，就像小时候听到父亲唤我“雨儿”[①]并给我一个晚安吻。

下午六点，地质博物馆敲响的钟打破了我的迷思。该回去给父亲准备晚饭了。我立刻走向“玫瑰”面包店（好在那家店还在原处），买了一些甜面包。回家以后，我为父亲准备了热巧克力配水，装在木杯子里，一如当年我的祖母为他准备的那样，然后我们就坐下来，一边吃饭，一边听一张“潘乔人”的三重唱唱片。突然，仿佛被闷棍一击，我的脑海中闪过父亲唱这些歌的画面。我记起母亲曾经说过，父

---

① “我”的名字雨薇娅(Lluvia)在西语中的意思是“雨”，而父亲对她的爱称是墨西哥土著语“Chipi-chipi”，前文第二章出现过，意为温柔的小雨。

亲有个演唱三人组,经常和朋友一起来给她唱小夜曲。我问自己,后来发生了什么?为什么父亲再也不弹吉他了?为什么我从没听过他唱情歌?看来,我得学会听懂他的沉默才能找到这些问题的答案。

父亲走神了,沉浸在他自己的回忆里。而我想起了刻在脑海里的一个画面:那些下午,他给自己调一杯“自由古巴”,坐在最喜欢的摇椅上抽着烟听维吉尼亚·洛佩兹的碟片。每到那样的时候,我从不会走近打搅他。现在的感觉也是这样。从他的目光里看得出他想一个人待着。老友重聚之后,我想他需要一点孤独。那么我会给他独处的空间。

我也需要一个人待着。有一个念头不断折磨着我的神经。

今天老友们来看望他的时候,父亲因为不能表达自己而苦恼失望,他的朋友雷耶斯提议让爸爸用一台“电报机”来“说话”。这里所谓的“电报机”就是两把勺子,一把放在另一把上面,我爸爸可以通过敲击勺子发出声音,由他的电报员朋友们听到并翻译。试验并非完全顺利,却也的确可行,这让我觉得父亲也许可以这样和我们交流,也许摩尔斯电码就是那把钥匙,可以帮我解读那个美好的玛雅大脑里藏着的秘密。

母亲常说,世上的事有果必有因。而我想知道我的父母为什么会分开。是什么原因让他们不再和对方说话?父亲那双瞎了的眼睛不想看见的究竟什么?他那说不出话的帕金森病身体用尽全力保守的秘密又是什么?是什么让两根吉他琴弦再也不能一起振动?是从什么时候起,他们两个人的身体再也不能踩着同样的节拍起舞?

第四章

爱是一个动词。每个人都用动作表达爱。也只有当一个人用亲吻、拥抱、爱抚和慷慨的动作表达爱的时候,另一个人才能感觉到自己是被爱的。一个爱着的人,永远会努力求得他所爱之人身体和情感都达到平静而满足。

如果一位母亲不能喂饱和照顾好她的孩子,如果她不能在孩子冷的时候给他盖被子,不为他的长大成人奉献一切,就没人相信她爱自己的孩子。

如果一个男人不把钱拿给妻子作为花销,而是扔进花天酒地,也没有人会相信他爱自己的妻子。反之,如果一个男人用钱时首先想到的是满足家庭需求而不是个人私欲,这就是爱的动作。也许正因为此,有能力做到这一点的男人都很享受自己的行为得到认可,对他们而言,世上令人最骄傲的事莫过于当妻子说:“亲爱的,我太喜欢你送我的衣服了。”

因为这句话认可了这些男人有能力选对衣服，能买得起，最重要的是，他们有能力让自己的伴侣幸福。

由此我们发现，爱作为一个动词可以有两种不同的变位方式。一种是用亲吻和爱抚，另一种则是给予物质享受——食物、学习、衣服、房子，提供这些东西的行为都可以被翻译成爱的动作。亲吻她或者给她买一双非常需要的鞋都是说出自己有多珍惜她的方式。从这层意义上而言，那双鞋和亲吻的功能是一样的，都是爱的表达。但是这并不意味着鞋就可以替代亲吻。如果其中没有爱的存在，物质财富就只是一种强制力，一种贿赂，像是用来换取别人给的好处。

很显然，人不能只靠面包活着，但是只靠纯粹的爱，也没法存活。可能这就是为什么贫穷的爱侣总是那么悲伤。无论他们在情感和性关系上有多令人满意，贫穷的事实还是会一点点影响和消磨最火热的激情。

露丝·玛利亚·拉斯库拉因出身富足，从小就习惯了接受任何形式的礼物与关注。对她而言，从来没有得不到的玩具，穿不到的衣服，吃不到的美食。

在全家十四个孩子里，露恰是最小的，毫无疑问，也是最受宠的。她能得到所有她需要的东西，甚至可以说，比她所需的多得多。拉斯库拉因一家享有很高的声望，因为他家是全区第一家有电话、有电唱机的，后来，又是最先有收音机的。露恰的父亲，堂·卡洛斯坚信，要想融入现代世界，钱是必不可少的，这样才能享受科技带来的便利。所以他从不吝啬购买任何能让家庭生活变得更加舒适的用品，他的妻子对此一直很感激。抛开其他不谈，正是有了钱，他才能举家从北部迁往国家的中心，以保护全家人不遭受墨西哥大革命带来的危险。在露恰还只有一个月大的时候，全家人就搬到了首都居住，整个骚乱动荡的年月他们都租住在桑塔·玛利亚·拉·里维拉区的一座波菲里奥时期[①]大房子里。对拉斯库拉因一家而言，金钱代表着安全、平静和给孩子们提供进步的机会。如此一来，露恰很自然地觉得要想平静地生活和表达爱，金钱是不可或缺的。在长大的过程中，她已经见识过拥有资产是如何确保了整个家庭的幸福。

儿时的胡唯乐则过着与露恰截然不同的生活。在家里，

① 波菲里奥时期指1888至1911年。

缺少金钱从来不会阻碍父母表达心中对彼此的爱,更不会影响他们表达对孩子的爱。尽管家中只有生活必需品,一家人始终在爱的环绕下生活。在经受了龙舌兰出口工厂倒闭带来的巨大经济损失之后,堂·里布拉多也不得不离开故乡,拖家带口地来到首都安家。只是在墨西哥城,他们与拉斯库拉因家的景况完全不同。家中有限的存款只能支撑很短的时间,孩子们必须去政府开办的公立学校上学,抛弃任何形式的奢华。正因为如此,堂·里布拉多买任何东西之前都要思前想后。

对于这些,胡唯乐从来没有过怨言,恰恰相反,他觉得拥有衣服和家具不仅不能生出幸福的感觉,反而会把人变成他所拥有财产的奴隶。他认为一个人在买东西之前一定要深思熟虑,因为所有的物品都要求某种关注,随着时间的推移,这些物品会摇身一变成为暴君,要求被照顾:保护它们不让别人靠近,保养它们……总而言之,拥有就意味着依赖,而崇尚自由的他完全有理由不去购买这种束缚。因此,胡唯乐总是约束自己不送昂贵的礼物。一方面他并不觉得这是表达对另一个人爱意时不可或缺的条件;另一方面,他坚信这样做是在赠送一种奴隶制的形式(当然,这里指的不是花束或者巧克力这种不持久的东西)。

在胡唯乐看来,物品的价值在于购买行为对赠送对象而言有多大意义,而不在于物品自身的经济价值。他认为金钱本身没有任何价值,无论如何都无法把金钱和爱意的表达等同起来。比如,对胡唯乐而言,凌晨三点在爱人窗下弹奏小夜曲要比送钻石手镯有价值得多。至少这说明自己做好了不睡觉和挨冻的准备,而且还冒着被打劫或者被邻居倒下的"水"浇上一身的危险。这可比掏腰包的行为勇敢得多。物品的价值是相对的。而金钱就像一把巨型放大镜,只会扭曲现实,赋予那些物品超出实际的大小。

一封情书值多少?在胡唯乐看来,很多。这样说来,他的确准备好要把自己心中一切所想都挥洒在信纸上发出爱的宣言。而且这些爱语都是真心诚意的,而不是作为某种牺牲的一部分。爱情对他而言,是掌管生死的力量,是他感受和体验过的最重要的东西。当一个人被爱情的冲动占据,他会忘记自己的存在,只想着另一个人,触及她,碰到她,和她融为一体。要想做到这一点,并不需要有钱,只要有欲望就足够了。

而胡唯乐比任何人都更懂得,欲望和言语总是携手同行,它们的动机都是想联系、想沟通、想在人与人之间建立起桥梁,无论是纸上所写还是口中所言。胡唯乐发现在任何词语里都存在这种将一条信息从一个人那里传递给另一个人的可能。他最喜欢的当然是那些会旅行的词语,那些字句穿过空间的距离,走了很远很远,走到无法想象、无从描摹的地方。这就是为什么收音机让胡唯乐如此着迷。

他第一次听到声音从一个盒子里传出来的时候，觉得那简直就是魔法。当时是在他的大哥费尔南多家里，哥哥给家里买了收音机，胡唯乐被与自己同龄的侄子请去参与这件新发明的首次正式使用。那是一台机身足够长的收音机，能够同时插上八副耳机。那时候扬声器还没有被发明出来，想听收音机信号的人都必须头戴耳机与其他人围坐在一起分享这种体验。八个人坐在一起，在同一时间，听同样的东西，这让他们之间仿佛以某种非常特殊的方式连了起来，不由得用复杂的眼神互相打量着彼此。

胡唯乐直到去了墨西哥城才第一次见识到扬声器是怎么工作的。回想起那个时刻他满怀亲切，因为那次经历是一个十分特殊的日子的最高潮。

那是 1923 年，胡唯乐的父亲堂·里布拉多想让儿子认识一下这个他们往后即将居住的城市，决定带他出去转转。对初来乍到的胡唯乐而言，一切全是新的。任何事物都会引起他的注意。让他体会最深的却是发现了孤独的味道。他发疯似的想念故乡炽热的气温，想念侄子们的陪伴，想念东南部的美食，而最想念的莫过于那里的尤卡坦口音。

首都人说话是不一样的。胡唯乐觉得自己就像是生活在自己国家的外国人。所以他很感激父亲给他提供了这个稍稍熟悉一下新城市的机会。他们租了一辆马车,在母亲的陪伴下,开始了游览。刚出发不久,一场持续的降雨就加入了他们,并在整个旅途中都一直黏着他们。马车夫把平时用来罩车尾的帆布拿来给乘客们遮雨。胡唯乐用手掀起帆布,打量着这座城市。被雨水将将打湿的街道为城市增添了几分美丽和宜人,那时候首都还很小。东边延伸到圣·拉撒路火车站,那里现在是议员大厅。西边则可以一直走到康苏拉多河、特拉克斯潘那区,也就是现在人们熟知的内环地区。北边的城界是阿尔瓦拉多大桥,那里坐落着布埃纳维斯塔火车站。而南边,城市的终点是科洛尼亚车站,现在那里是苏丽万街。

这就是全部了。不过它们已经足够引起胡唯乐极大的兴趣,同时他也很清楚地知道自己的确要住在一个离海很远的地方了。车轮压过公路或者滑过小街道路面的石子时发出的声音,对他而言是对海岸之声绝佳的替代。而且,这座城市欢迎他的方式,就是送给他最好的喧嚣。胡唯乐高兴地发现这里的街道充满嘎吱嘎吱的声音,窃窃私语的声音,嗞嗞的声音,各种嘈杂的声音。那个特殊下午的结束是在到家时遇见邻居丘乔,丘乔为了结交这个新朋友,请胡唯乐去家里听收音机里的节目。就在那里,1923 年 5 月 8 日这一天,科洛尼亚区里的这群朋友聚在一起,聆听墨西哥共和国历史上第一次通过收音机转播的音乐会，由隶属于《宇宙画报》报社的“电台之家”传输站播放。

那天晚上，整个世界在他眼前打开，或者应该说，在耳边打开。他惊奇地发现播音员的声音能够被感知，转化成一个存在，一种陪伴，可以纾缓与朋友、同学和家人的分别之痛。

就这样，胡唯乐与丘乔的友谊日益加深，他们一起度过很多美妙的下午，玩耍之后一起听音乐。他们成了分不开的朋友，丘乔无论搬去哪里胡唯乐都黏着他，丘乔的父母似乎对搬家有种奇特的痴迷，稍一撩拨，高兴起来就搬家。好在科洛尼亚区地方有限，所以怎么搬也影响不到丘乔和胡唯乐之间的友情，顶多是需要重新修改两家之间相隔的步数或是街区数罢了。无论什么都没让两人疏远，他们继续相约见面，一起听收音机里的节目。

随着时间的流逝，唯一改变的是他们见面的频率。胡唯乐比丘乔先上中学，发现自己面对着成堆的作业。打弹子、抽陀螺、踢足球和玩滚球的日子一去不复返，被埋入了记忆深巷。尽管如此，他还是每周末都去找他亲爱的朋友一起看电影、骑自行车或者偷偷抽烟。到了假期，胡唯乐总会和家人一起回尤卡坦地区。

有一次从尤卡坦度假回来，胡唯乐发现丘乔又搬家了。他决定尽快去拜访丘乔，好向他夸耀自己刚刚长出的小胡子。就在去好朋友新家的路上，胡唯乐感觉到一种莫名的焦虑，像是胃里有个结。这种情况第一次出现。他不知道如何解释。那个结并不疼，却令他颤抖，像是想向他预示什么，像有某种预感或恐惧攫住了他。

转过街角，胡唯乐一眼看见了丘乔，扬起手打了招呼。丘乔正在和两个朋友交谈，一个男孩一个女孩。胡唯乐友好地走近他们，那种恐惧感加重了，他几乎想转身跑掉，可是已经不能这么做了，朋友们都看见了他，那一小组人正在等着他。

他忽然没由来地想起住在他家屋顶上的那群鸽子，有一天早上它们预感到了那场很快就要撼动整座墨西哥城的地震，呼啦啦全飞走了。

走完最后几步之前，胡唯乐明白了一切。面前站着一个十三岁的女孩，他从没见过这么美丽的女孩。丘乔为几位新朋友相互做了介绍，这是露丝·玛利亚·拉斯库拉因和胡安·拉斯库拉因，这是胡唯乐。在和露丝握手的时候，胡唯乐觉得胃痛加剧了。

肌肤间的接触让胡唯乐整个人天翻地覆，从此再也无法安眠，露丝·玛利亚微笑着对他说自己更愿意被叫作露恰。胡唯乐想说话，却费了很大劲，等到终于张开嘴，发出的只有一声可悲的公鸡嗓音。大家都因为胡唯乐正在经历的变声而笑起来。胡唯乐脸红了，不过也陪着朋友们哈哈大笑。他笑成这样的原因倒和自己方才的滑稽无关，而是因为他发现了一种能带来巨大喜悦的新声音。那是爱的声音。

那是一声笑着响起的低语，海浪的破碎，喜悦的爆炸，混杂着风扫过干树叶的动静，还有圣乐，一齐振动在他的胃里，头脑里，全身的皮肤下面，当然，也在他听觉的最深处。

这爱的声音震得他发懵，以至于那一瞬间他完全聋了。露恰很喜欢他笑的样子，于是邀他去家中听格兰·米勒[①]的最新唱片，直到这时候胡唯乐才回过神来。他立刻接受了邀请，跟着拉斯库拉因兄妹去了他们家。

露恰的家是最热闹的人群聚集地的中心，那是一个愉快、慷慨而乐于分享的家庭，家门永远为他人敞开，对胡唯乐也不例外。露恰一家张开双臂迎接了他，接纳他成为自己朋友圈中的一员。胡唯乐打心底感激他们，因为交到新朋友，因为以后都能听到收音机和电唱机了——都是他家没有的——但是最重要的原因，是能待在露恰身边。从那以后，这个十三岁的女孩总是令他彻夜难眠。

露恰比胡唯乐小两岁，但是比胡唯乐成熟得多。就在胡唯乐刚开始经历变声期，冒出的胡子还是滑稽的绒毛时，

---

① 格兰·米勒：歌手、作曲家、演奏家，风靡美国二十世纪三四十年代的“摇滚年代”的“大乐团”（Big Band）的领军乐手。1944年，他带领着美国空军乐队在去为第二次世界大战期间驻扎在法国的美军演奏的途中，在英吉利海峡上空糟糕的天气里失踪，从此下落不明。

露恰的胸部已经发育得成熟而可人，髋部也在日渐变宽。胡唯乐每天晚上都会梦见她，早上醒来总会发现床铺是湿的。他最好的性幻想都与她相关，从开始到最后都是献给她的。整个世界完全围绕露恰转动，并因此得到更加清晰且光芒万丈的色彩。

不久之后，胡唯乐升入初中二年级，在物理课上学到地球的磁性由熔化的铁围绕着内核旋转而产生。老师解释说，人类和动物的血液中都流淌着一种叫作磁铁矿的元素，让他们可以捕捉到地球的电磁能。对有些人或动物而言，这种元素比其他人或动物运转地更好。这就解释了为什么有些动物能“预感”到地表之下正在经历的变化，比如地震，并在被压死前逃生。

胡唯乐立刻回想起第一次见到露恰那天。一定是他的磁铁矿感知到了露恰的磁心，试图提醒他灾难的降临，想告诉他，他的生命(至少是直到相遇那刻以前的生命)陷入了危险；想告诉他从那刻起，他此后全部的人生故事都要用另一种方式讲述：认识露恰以前，认识露恰以后。这一场相遇，毫无疑问，永远改变了他的人生。

胡唯乐觉得在露恰血液中循环的铁元素一定很特别，能产生某种与地球相像的磁力，因为这个女孩对男人欲望的吸引就像花蜜吸引蜜蜂。所有那些欲望在没有得到相应的满足之前，会一直保持环绕在她周围，让她天然的磁力聚集到令人不安的程度。

整个科洛尼亚区,没人不想做她的男朋友,没人不渴望给她初吻,没人不想与她融为一体。而幸运的人是胡唯乐。在认识几个月之后,一次圣诞期间的欢庆聚会上,他对她表白,令他自己和所有其他人惊讶的是,不可攻克的露恰接受了他。

确定恋爱关系后最初的几个月,胡唯乐一直对露恰非常尊重。只是简单地牵牵手,或者在唇上轻吻几下。不过慢慢地,他的胆子变大了。

露恰清楚地记得胡唯乐第一次把舌头放进她嘴里的时候,那是一种很异样的感觉。她不能科学地确知那究竟是让人高兴还是不高兴。唯一能肯定的是第二天她一和胡唯乐对视就脸红。

由此,他们开始给对方长时间的拥抱,辅以亲吻。随着时间的推移,信任的加深,加上对彼此欲望的增强,他们发展到非常紧密的拥抱,身体都贴在一起……不仅如此,甚至露恰都能清楚地感觉到胡唯乐的坚挺。有了这样的拥抱,胡唯乐开始小心翼翼地用手在露恰的背上滑动。对她而言,问题就是从这儿出现的。

露恰已经习惯拥有所有一切她想要的,而彼时彼刻她燃烧的欲望希望胡唯乐不仅爱抚她的背,还能再往下一点,她必须克制自己的冲动不要提出这样的请求。类似的情况还有两人坐在客厅里听音乐时胡唯乐抓着她的手。有时候，热恋中的胡唯乐并非刻意地用手擦蹭她的腿，露恰的皮肤还像小女孩一样。想到胡唯乐有可能公开抚摩她的腿甚至把手向上移触及更私密的地方，这让露恰十分兴奋。可是这种可能却会被社会保守派指指点点。总之，因为这样或那样的事，每次与胡唯乐见面，露恰一定会以内裤润湿、脸颊灼烧、筋疲力尽的呼吸告终。

他们每天都迫切地想找机会独处，却总不能如愿以偿，永远有无关人士在旁观察他们，无论是露恰的某个还没结婚的哥哥姐姐，她的父母，还是家里的仆人。

不过，有一天他们终于遇见一个千载难逢的机会。堂·卡洛斯的一个姐姐过世了，全家人都去参加葬礼。露恰因为头疼得厉害留在了家里。其实病根正是她和胡唯乐成为男女朋友七年以来压抑又不断累积的欲望。等她独自一人在家之后，胡唯乐一如往常来她家拜访。两人一起去了客厅。在听一盘艾林顿公爵[①]的唱片时，露恰拉过胡唯乐的手，直接放在了自己的乳房上。胡唯乐在惊讶和满足之间，接受了这个礼貌的邀请并用充满热情的温柔轻轻揉捏起来。那一天，露恰知道到了该和胡唯乐结婚的时候了，一位大家闺秀是不能允许男朋友这样抚摩自己的。这一刻她

---

① 艾林顿公爵：美国作曲家、钢琴家、爵士乐队的首席，对美国乐坛影响深远。“公爵”是他儿童时代的绰号，后来也一直被沿用。

理解是为什么了！激情无可救药地持续累积攀升，而她已无能为力了。她已经疲于抵抗欲望的呼唤。可是如果她任由那双手做主，就无法像父母所期望的那样以处女之身结婚了。

这种社会立场在露恰看来完全是荒唐愚蠢的。如果说一个女人的纯洁在她失去童贞的那刻断裂，就意味着世上最不纯洁的物件就是阴茎，对这一点她无法苟同。多年以来，学校里的修士一直告诉她，上帝照着自己的样子造人。那么，既然人有如此神圣的起源，人的身上就不会有哪个部分是不纯洁的。

此外，有人认为上帝给男人造手却不应该去碰女人、给女人阴蒂却永远不该被刺激，露恰觉得这样的想法荒谬至极。当然她从来没想用这些论据说服父母同意她和胡唯乐结婚。露恰用了很多别的说辞，直到她的父母确信她已无法动摇，最好还是同意她结婚，尽管只有二十二岁的胡唯乐还无法给她一个有期许的未来。

露恰终于如愿以偿，但是直到这时，直到她拥有了当初如此渴望的东西，她才开始注意到其他东西的缺失。她从没想过已婚生活是这么艰难，更没想过嫁给一个贫穷的男人意味着什么。父母提醒过她,可是谁在热恋中会听父母的建议呢?

和胡唯乐同床共枕的时刻很美妙,可是随后胡唯乐就要去上班,留下她一个人。在胡唯乐关上大门的那一刻,整个家沉入寂静。笑声跟着他离开了。露恰连说话的人都没有。她想念家人。想念朋友。想念父母家房子里的喧闹。想念报童的喊叫。想念卖白薯的推车发出的哨声。想念家里金丝雀的啼鸣。想念她的维克多牌电唱机。想念她的唱片。要是有个收音机,至少她不会觉得这么孤独!可是她没有,短期内也看不到买收音机的可能,因为胡唯乐把省出的每一分钱都攒起来,希望有一天能买套房。

露恰觉得自己每天都被愈演愈烈的怀乡情绪折磨着。身边触手可及的地方又没有人能听她诉说不安。在她跟着胡唯乐去的那些小村庄,她都没有足够的时间在一个月内建立起可以信任到诉说这些问题的友谊。她发现墨西哥城之外的外省人都很固步自封,喜欢说长道短。而她没注意到的是她的出现本身就极为扎眼。她的短发和穿衣方式一路引起旁人的窃窃私语。显然,人们从来不会放弃对所有与自己行为方式不同的人评头论足的喜好,而她是最完美的目标。

她是个年轻女人,漂亮,穿得像电影明星,而且还开着自己的汽车!这怎么可能不引起注意。事实就是露恰感觉到很孤独,尤其是在维查潘。那里的绵绵雨水让她陷入深切的忧郁情绪中难以自拔。她很气恼不能与太阳直接沟通。从小母亲就教过她,太阳可以让衣服变得更加干净洁白。露恰觉得太阳的净化作用远比单纯地晒干衣服更甚。她坚信太阳也能净化灵魂的不纯净。在她墨西哥城的家中,在她以前的家中,她父母的房子里,每当需要抚平忧伤,她就去花园里,在太阳底下舒展身体。

这样一个在万般宠爱和甜言蜜语中长大的女孩,在胡唯乐身边的生活让她觉得难以忍受。不是因为缺少爱或者他没有给她足够的关注,而是因为这种婚后生活不是她所期待的样子。露恰原本想象着,自己能像母亲一样,有仆人承担所有的家务活,自己只要把时间用来弹钢琴、接待朋友和逛街就行了。

父母给她的教育是要培养她当小公主的。她在一家贵族小姐学校上学,学习英语和法语。她会弹钢琴、刺绣和布置餐桌。她上过高级厨艺课程,所以她很会烹饪,可她会用的是煤气炉而不是烧煤炭的炉子。她熟练地掌握法式大餐的做法,却不会烧墨西哥本地土菜。她对墨西哥实在了解不多,对墨西哥的烹饪就知之更少。对她而言,墨西哥仅限于首都,甚至,仅限于她所在的科洛尼亚区。她以为全墨西哥共和国家庭的饮食都像她家那样,每天没吃完的饭菜保存在冰箱里。她从来没想过,如果在起床的时候想喝一杯咖啡,首先需要在炉子里生火。她甚至不会生火。之前学过的东西完全没用。而现在,她已经学会了所有没有老师教过她的东西:比如,食物不放进冰箱就会浪费掉,因为会腐烂长蛆,肮脏不堪。想要过好没有冰箱的生活需要很有条理的大脑,知道买什么菜,一次买多少。她接受过的精致教育在需要在洗涤槽里洗衣服的时候也完全没有用。她根本不知道该怎么用洗涤槽。在她自己家,母亲用的是滚缸洗衣机,最新的那款,所以手洗衣服对露恰而言太复杂了。而且,她的任何一件衣服都不适合穿着做家务。她觉得自己完全待错了地方,就像舞池里的外国佬。

好在她有胡唯乐全身心的支持。在他身边的时候一切问题迎刃而解,连这个陌生的墨西哥也在她眼前展开笑颜。在丈夫身边,集市上的小吃让她觉得美味,甚至路边的马粪也散发出快乐的气味。因为有胡唯乐在,露恰才认识了真正的墨西哥,外省的墨西哥,穷人的墨西哥,土著印第安人的墨西哥,被遗忘的墨西哥。那个慢慢被铁路和电报柱覆盖,像蜘蛛网一样散布在整片土地上的墨西哥。而这种发展之下隐藏的力量让露恰总觉得自己像一只苍蝇,马上就要被蜘蛛困在蛛网上。她正经历的改变和那些可以预感到即将来临的改变让她终日惴惴不安。一切都是新的,而她并没有做好充分的准备迎接变化。尤其是,她厌恶缺钱的感觉,假如她有足够的钱,一切都会很简单。她可以去买衬裙和面纱好让自己在市场上不显得那么另类，毕竟那些用来购物的黄麻袋子已经毁掉了她所有的丝质长筒袜。她的新生活需要新的衣服，新的发饰，新的鞋子，可是她没有钱。而她在经济上依赖的人也没有钱。

结婚的时候她知道自己嫁给了一个年轻而贫穷的人，这个人才刚刚开始电报员的职业，甚至都没有稳定下来，可是她从来没想过这一切意味着什么。当时对她而言唯一紧迫的事就是一结婚就可以丢掉自己的贞洁，如今她不得不面对所有后果，忘记自己曾经拥有的最受宠小女儿的生活。她再也不能指望母亲的帮助、不能指望哥哥姐姐们或是家里的奶妈，也不能指望父亲的经济资助。如今她必须独自面对一切。清晨去生火，用木柴做饭，手洗衣服，擦灰，拖地，没有香水也没有高露洁牙膏地勉强度日，还要努力让胡唯乐不要注意到她的不满。胡唯乐不该承受她的不满，他对她很好，把能给的一切都给她了，尽管不多，他的一切行为都是出于真爱。她必须承认他为了让自己幸福而付出的努力，而且只要在他身边，她就不那么想念科洛尼亚，不那么想念曾经的社交圈、那些舞会、她的电唱机和收音机了；可是独自在家的时候，这一切都会让她几乎哭起来，尤其是计算当天买菜购物能用的钱的时候。为了去一趟市场，她得把手头的最后一个 1 分钱都收集起来，并让这 1 分钱也能买到最多的东西。她在各个摊位间徘徊着算帐的时候，还要发挥想象力,找到用最少的食材做出一顿完整晚餐的办法。等买好了所有需要的东西,她走在回家的路上,心中盘算着这些菜能有的、或者自己会的烹饪选择,却无时无刻不梦想着有一天所有这些经济上的窘境都从自己的生活中彻底消失。

胡唯乐赢了赌局的那天,露恰以为那个时刻终于到来了,立刻就想花光所有的钱,可是胡唯乐阻止了她,这成了他们第一次吵架的起因。露恰怒气冲冲地对丈夫控诉他一直没注意到的自己需要的所有东西,而胡唯乐回答说恰恰因为自己注意到了所以他觉得省下所有的钱攒起来是必须的,这样才能让他们在不久的将来买得起一套好房子,尽可能住得离露恰的家人近一些,好让她不那么想念以前的生活。他们两个人,一个看见的是短期解决问题的办法,另一个看见的则是长期的。面对同一种病症,一个找止疼片,另一个想彻底根治。最终,在争吵之后,他们达成了一个折中的共识。胡唯乐退一步,让露恰去买几条衬裙和一顶面纱,而露恰同意不碰其余的钱。

终于能买点东西让露恰非常高兴。可以说,买到面纱完全改变了她的生活。她发现面纱非常实用美观,从那之后,面纱成了她的衣饰中不可或缺的一部分。

露恰戴着垂至脖子的面纱骄傲地走在路上。她觉得自己像是另一个女人。这是她结婚以后第一次去逛街。回家路上,兴高采烈的她在一家杂货店停下来想买几根蜡烛。柜台上有一坛醋泡辣椒和一坛醋泡橄榄。橄榄的香味弥漫在空气中。露恰抵挡不住诱惑想买一点,那是一种突如其来而无法控制的想吃橄榄的念头,毕竟她已经好几个月一颗都没吃过了。而现在这个念头如此强烈,她觉得是时候了。她向店主要了一百克橄榄,打开钱包却发现钱快用光了,剩下的够买蜡烛,却不够买橄榄。她正准备算算剩下的零钱够买多少橄榄好调整一下重量,就在这时,堂·佩德罗走进店里,一眼就注意到露恰的窘迫局面。他不假思索地从钱包里掏出硬币摆在柜台上,补全了露恰不够的钱,同时说:

“请让我来付吧。”

露恰转过头,发现一张极为丑陋的脸,再好的微笑都显得不和善,而且这张脸恰恰是属于那个在扑克场上输给自己丈夫的人。露恰优雅但坚定地把钱推回去,说:

“绝对不行。您很善良,但是不必麻烦您了,我一会儿就回来付钱。”

“像您这样美丽的女人是不应该在这样的雨里来回走路的。请接受我充满敬意的帮助吧。”

“我再说一次,我很感谢您,但是不需要,我回趟家再过来不用费什么劲,因为我是开车来的,不用在雨里走路。”

“好吧,无论如何,我觉得来回折腾都是不对的。请不要冒犯我，三分钱没什么大不了的，不需要这样不安。请允许我为您做点什么，这是我的荣幸。”

堂·佩德罗抓起露恰的右手，在上面轻轻吻了一下，结束了这场争执。

露恰不知道该做什么。她看得出这个男人永远不会接受一句拒绝，而她突如其来的想吃油橄榄的心情继续上涨，她选择赶紧说了一句“谢谢”，拿起买好的东西，离开了杂货店，心中感觉到自己刚刚做了坏事。她一点也不喜欢自己接受了钱以后堂·佩德罗在脸上露出的满意微笑。她不知道问题出在哪里，更没想到堂·佩德罗已经很清楚地找到了胡唯乐的阿喀琉斯之踵，知道可以从哪一点上攻击他。

油橄榄并没有露恰期待的那么好。她的胃不停翻转、收紧、颤动。一方面她像刚做完坏事一样不舒服，另一方面，她又体会到获得享受的巨大满足感。这两种相反的感情，她没法确定当时当刻心中究竟是什么样的感觉。她觉得遭受了侮辱，好像在某方面辜负了胡唯乐。好像是她把家门敞开迎进了魔鬼本人。好像她和胡唯乐正站在危险的边缘，就要面对某种可怕而未知的东西。这种预感让她不安，胃里的搅动引起她前所未有的恶心。这让她想起自己第一次认识胡唯乐的那天，但是与这一次完全不同的是，当时她胃里的不安是令人愉悦的，虽说也让她颤抖，但是更多的是对另一样东西高兴的回应，就像一面鼓在被人敲动的时候发出的回应。她的胃在强烈的刺激下都会振动一阵子。不同之处在于,第一次见到胡唯乐时,与她的胃共振的是胡唯乐送来的爱的能量。而这一次,恰恰相反,与她共振的是某个隐藏的部分,它黑暗,一直被忽视、被拒绝,但是那个部分就在那里,埋伏以待,时刻准备着完全颠覆她,让她与怒火共振,将她与那黑色的太阳、黑暗之光联系起来。

露恰感受到那种陌生的能量支配了她灵魂的全部。她没法从脑子里赶走堂·佩德罗的嘴唇在手上蹭过时带来的不快。回想起来依旧让她作呕。那个吻让她觉得自己是个罪人。仿佛从被吻到的那刻起,她就永远失去了清白。仿佛现在的她已经永远变不回曾经的自己了。

为了让自己平静下来,她朝电报局的方向走去。她想听听胡唯乐真诚的笑声。她想感觉到自己还是干净的。她想把那段不愉快的经历抹去,而这一切只能在她丈夫的陪伴下完成。在胡唯乐身边,一切都是光明的。

露恰不期然的到访让胡唯乐非常高兴。他脸上的笑意让露恰暂时忘记了所有担忧。胡唯乐眼中发出的幸福光芒在那一瞬间起到了和露恰家花园的阳光一样的作用,净化了她的灵魂。露恰重新感受到干净、纯洁和轻盈。胡唯乐让她等几分钟,他得把一位女士接待完;很快就到吃饭时间了,他想和她一起回家。露恰高兴地答应了,离开了柜台几米,好让丈夫安心工作。

碰到难题的是市场上一位女摊贩，而她经历的局面恰恰和露恰刚刚经历的一样。她的钱不够付她准备发的电报。露恰的眼睛里蓄满了泪水，只得把视线转向街面不让胡唯乐注意到。

其实这并没有必要，因为她那位以善良著称的丈夫正在专心致志地解决顾客的问题，眼睛一直盯着对方写的字，没有往别处看。他向那位女摊贩提议，让她允许自己换一种方式替她写那封电报，把字数缩小到她能支付的范围。原来的电报是这样写的："我知道还欠大人们钱，没有钱付清。但是我还需要十箱番茄。恳求你们寄给我，我卖掉它们就来付你们所有钱。"

而在胡唯乐的笔下，这条消息变成了这样："我谈到一门好生意。卖掉十箱番茄就能付清之前欠你们的所有钱。望速寄番茄。"

修改后的电报省了十四个字符，而且胡唯乐不仅顺便改掉了原电报里的语法错误，这个卑微的女人真的收到了那十箱番茄。

然而这一切发生的时候又给了露恰独自一人想心事的时间，她怨恨在食品店里发生的事。她把过错都推到缺钱上。如果她有足够的钱，就根本不需要接受堂·佩德罗的经济帮助。

经济困难会造成各种不幸。就像眼前这个可怜的女人，和自己那么像,和在杂货店里的自己一样遭受着缺钱的煎熬。她不喜欢发现贫穷,不喜欢看到贫穷暴露在自己面前。这让她感到脆弱而无助,让她害怕依靠一个贫穷的男人。

世界是为富人设计的。穷人完全没有任何机会。现在她理解了为什么会爆发墨西哥大革命。做穷人多么可怕。如果不是因为她必须跟在胡唯乐身边在整个国家奔波,她永远都想象不到成千上万的墨西哥人都在怎样的条件下生活。相比之下,她更了解欧洲,所以发现这样的悲惨景象让她心痛。要想家里有盘汤喝,需要钱。要想土地长出果子,需要钱。要想从一个地方去另一个地方,需要钱。要想建一个家,需要钱。要想建电报柱,需要钱。要想和亲爱的人沟通,需要钱。可是,当一个女人需要依靠另一个人去赚钱时,她做决定的能力就非常有限了。

付钱的人说了算。由财主决定一个农民吃什么、怎么吃、什么时候吃。包括种什么样的玉米。好吧,甚至是母鸡什么时候下蛋。她觉得发封电报都要花钱很不公平。就像是有人在限制人与人之间的沟通,只有富人能拥有本该属于所有人的通讯方式。这件事,还有很多其他的事搅扰着露恰,她还不习惯没有任何人教她该怎么过生活。唯一令她高兴的就是胡唯乐已经接待完那位女摊贩,他们可以回家了。

胡唯乐的靠近立刻又一次抚慰了露恰的心情。在他身边一切问题都消失了,什么都不再是无可救药的障碍。胡唯乐就有这样的优点。缺钱的事当即被忘在脑后。反正爱抚丈夫的手、凝视他的眼睛、激烈地吻他、享受他的勃起总是不需要钱的。他们一进家门就直接去卧室疯子一样地做爱。露恰从没有这样享受胡唯乐的阴茎在自己的阴道里抚过,正因为如此,当胡唯乐突然停下动作的时候她非常惊讶。胡唯乐说:

“你给人感觉不一样了,露恰,你不是同一个人了……”

露恰的心跳几乎完全停滞了。她觉得自己被发现了。她不知道是怎么被发现的,但是她怀疑胡唯乐已经知道自己接受了堂·佩德罗的三分钱。她移开目光不让胡唯乐看出自己的心虚,开始光速寻找可信的借口,但是却只能结结巴巴地说:

“不一样了? 怎么会?”

胡唯乐没有回答她,而是专心地用手掌检查妻子的肚子。突然胡唯乐大笑起来,笑声淹没了整个房间。

“你怀孕了! 亲爱的! 你怀孕了!”

然后他就开始不停地吻她。露恰完全惊住了。的确,她的月经迟了一周还没来,可是一周也不算太久,她完全没想过这种可能性。

“你怎么知道的？”

“我能感觉到，这我没法跟你解释，但是你现在有一种不一样的能量。”

这是露恰第一次听到这样的话。她知道胡唯乐双手非常灵敏，但是依旧怀疑这个消息的准确性。不过，她愿意相信他。这听起来也不是那么不合情理。她想了想，就像医生诊断病灶的时候，把一只手放在病人肚子上，另一只手轻轻敲打，直到通过声音找到这种敲打在体内器官上是如何反射的，也许胡唯乐捕捉到了来自自己子宫的回声。

露恰没有再怀疑，立刻相信了自己怀孕的事实。她必须相信。这样才能合理解释堂·佩德罗吻她手时她感觉到的眩晕和恶心。只有这样事情才说得过去。而且从这个立场上看，她做的事也没有那么坏了。孕妇奇怪的口味和嗜好对她的灵魂而言是足够的借口，要是当时的想法没有被满足，孩子就有出生时带着一张油橄榄脸的危险了。

她满含热泪地拥抱了胡唯乐，两人一起庆祝这个伟大的事件，全然不知厄运已经选中了他们。

第五章

胡唯乐在急促不安的呼吸中惊醒。最近几天他反复做着同一个噩梦：他在海底潜水，没有穿潜水服，不过还是可以像戴了潜水装备一样呼吸。他的动作缓慢而有节奏。水也温和舒适，一拥彩色的鱼一路陪着他。一道温柔的光线让他能看清远方。突然他听见窃窃私语的声音，紧接着是一串笑声。这些动静是从水面上方传来的。胡唯乐仰起头，看见强烈的阳光穿过水面渗透下来，光芒万丈。就在那一刻，他毫无缘由地认出了这片海。他就是在这片海里学会游泳的。他凭空认出了自己曾在家乡的海滩浸浴多年的海水。

胡唯乐就是知道。远处传来的快乐，属于祖母伊策尔，母亲堂娜·赫苏萨，还有父亲堂·里布拉多，胡唯乐想加入进去与他们分享快乐。他试着游泳，试着离开海水，可是脚扎在沙子里不能动弹，越尝试就越没法移动双脚。于是，他开始喊叫，但是没人听得见他。他嘴里发出的声音被困在一个个气泡中，触到水面就碎了，没有流出任何声音。胡唯乐很绝望，喊得越来越用力，结果却越来越糟糕。水涌进他的肺，他开始呼吸困难，却没有人能帮助他。

好在，就在这时，女儿雨薇娅叫醒了他。

“爸爸，你的老朋友们都到了。发生什么了？你做噩梦了？”

胡唯乐做了一个肯定的动作。他已经有一个月完全不能说话了，必须付出极大的努力才能从嘴里发出一点微弱的声音，可惜听到的人都不能理解这些声音。

在为这样的情况寻找出路的时候，雨薇娅想起了丘乔用勺子做的试验，立即开始找电报机。她去的第一个地方是曾经的电报局所在地，问起电报机时，里面的人几乎全都嘲笑起她来。

诸如电报机这样的东西已经消失很多年了，没人知道该去哪里找一台电报机。紧接着她想到，在拉古尼亚市场[①]

① 拉古尼亚市场：墨西哥城最大的传统公共集市，有食品、家具和服装三大区域，布满各种小店和街摊。

也许能找到一台运转良好的电报机，但是经过几次徒劳的造访，她确信无法在那里找到。之后，就只能去古董商店找。她跑了很多家店，包括墨西哥城的和外省的，终于找到了一台。

电报机一买到手，雨薇娅的第一个想法就是去告诉父亲，但是她忍住了。她不想做任何可能扰乱他心绪的事情。如果父亲知道了，一定急着想用，那么当他发现自己发出的信息没人能破译时，一定会很沮丧。雨薇娅的孩子告诉她，有一种电脑程序可以让人通过用摩尔斯电码操作电报机（而不是普通地敲击键盘）将信息输入电脑，然后由这个程序把从电报机里接收到的信息“翻译”成话语，在屏幕上显示出来，让所有人都能听懂她父亲在“说”什么。雨薇娅觉得这简直是项绝妙的发明。她立刻购买了一套程序，只是还要等三个礼拜才能邮寄到家。为了不浪费时间，她决定自己先学习怎么使用电报机，至少，接受一个简单的培训，好让她无需电脑程序的帮助就能听懂爸爸“发声”说出的最初几句话。她去找的第一位教练就是丘乔，父亲的发小，只是很遗憾他要照顾因脑瘤住院的妻子不能帮她。紧接着她去找了父亲旧日的同事雷耶斯，请他教自己摩尔斯电码。护士奥洛丽塔也加入了这个学习小组。她不想被落下。奥洛丽塔在胡唯乐身边做了很长时间的护士，两人建立起了最牢固的感情。随着时间的推移，胡唯乐已经成了她伟大的朋友，她可以信任他，也愿意听从他的建议。正是有了他那些极具智慧的建议，奥洛丽塔才学会了怎样更好地处理夫妻关系，学会了笑对问题，学会了积极地看待人生。对于胡唯乐无私慷慨地给予自己的爱与支持，奥洛丽塔感激不尽，所以愿意做任何事以求从某种程度上报答他。奥洛丽塔对电码课的热情和兴趣，就和她为胡唯乐读书、推他去散步、给他按摩、喂他吃饭是一样的。

学习小组的第三位成员是娜塔莉亚，她是夜班护士，大家都亲切地称呼她娜蒂。娜蒂和奥洛丽塔一样，与胡唯乐建立了十分亲近的关系，清晨雨薇娅有时甚至会在父亲房间里传出的笑声中醒来，尽管她是关着房门睡觉的。胡唯乐的笑话全天候不间断，而娜蒂总是以独一无二的热情为这些笑话发出爽朗的笑声。她是失眠夜晚最好的陪伴。她有美妙的幽默感和难能可贵的温柔。她是一个矮矮的、微胖的女人，把胡唯乐当作自己的孩子一样给他换尿布、洗澡、盖被子、低声哼着他最喜欢的博莱罗舞曲哄他睡觉，像母亲一样抚摩他的额头。

娜蒂和奥洛丽塔是胡唯乐身边“女人帮”三人组中非常重要的组成部分，她们都发疯似的想念他那些鼓励的话语、给出的建议和讲过的故事。受到控制帕金森病的药物的影响，胡唯乐的发声器官再也无法绷紧，慢慢变成了几根残酷的铁条，把所有的话都囚禁在里面。而雨薇娅、娜蒂和奥洛丽塔热切地期盼着他喉结监狱里的那些话语重获自由的时刻。

电报机就是伟大的拯救者，伟大的解放者，也是所有想法和亲密时光的连接者。很久以来，雨薇娅一直抗拒新技术的使用，现在却对它感激不尽，正因为有了技术，父亲才能重新与世界交流。对雨薇娅而言，最大的困难在于她并不属于“电脑一代”。她的孩子都会用电脑，而她不会。她已经五十一岁了，是一个非常活跃的女人，热爱运动。她完全不觉得自己老，但是自从接触了电脑世界之后，她发现自己属于的“开——关一代”，只会打开和关闭电子设备，距离新一代简直几光年。她操作这些复杂的庞然大物总是很笨拙，由此与周围世界形成了无可弥补的代沟。

经过十分费力的练习之后，雨薇娅才终于学会录像机最基础的使用方式。她可以平静地观看电影录像带，但是不会设定让录像机自动制录电视上的节目。那些说明书她死都不想看。她觉得要想看懂说明书非得有哈佛大学的博士学位不可。所以每次她新买一样电子设备，就请自己的孩子来给她解释怎么操作，之后说明书就丢在抽屉里了。而现在，生活迫使她必须理解一台电脑的运转。她几乎要发疯了，因为她什么都不懂。

“上传”和“下载”信息对她而言就像精神错乱的事。从哪里下载？上传到哪里？都存放在哪里了呢？当一个人把信息上传到一个网页，它被放在哪里了呢？她的女儿佩尔拉负责向她解释，说当一个人连在互联网上的时候，他就和很多用户组成的国际网络连接在一起。这一点雨薇娅很喜欢。用网络把全世界连接在一起的感觉很美好。

雨薇娅觉得互联网展现出的是最友好的一面，似乎完全无害。当然无论是佩尔拉还是费德里科都不敢跟母亲说，比如，新纳粹主义运动正是使用互联网作为组织犯罪活动的渠道，或者，只要点几下鼠标任何人都能得到足够组装一个原子弹的信息。这并没有关系。和所有的其他事情一样，总有人用高科技做好事，而另一些人则恰恰相反。不过为什么要提这些事呢。他们的母亲同时学电脑和摩尔斯电码就已经够忙活的了。

连雨薇娅都陷入困境，就更别提奥洛丽塔和娜蒂有多可怜了。她们俩一辈子都没碰过电脑，现在让她们把手放在键盘上像第一个踏上月球的人类一样奇怪。但是她们对胡唯乐的感情能够超越所有阻碍，雨薇娅为这两位谦逊女人的学习能力感到震惊。佩尔拉教得很开心，事实上，她还评论说她们其实不需要这么努力的。只要学会操作电脑，就足够了。佩尔拉觉得没有必要学摩尔斯电码。如果电脑就能翻译外祖父用电报机敲出的话，还学摩尔斯电码干什么呢？但是胡唯乐的“女人帮”底气十足地反驳说，她们这么做是为了防止停电或者电脑坏了的情况。她们不想完全依赖高科技。

那段日子培训紧锣密鼓地展开。大家将见面时间定在每晚奥洛丽塔做好所有工作下班之后。等胡唯乐吃完点心沉沉睡去,她们就开始上课。胡唯乐的床类似医院的病床,两侧都有铁栏杆作为扶手,一来可以防止意外跌落,二来也便于更轻松地给他翻身。雨薇娅在其中一侧的铁栏杆上装了一个传导器(那是她的孙辈留在家里过夜时用过的),这样她能听到父亲的任何动静,当然大多数时候他都能沉沉地睡上几个小时,这就给女人们的电报课提供了时间。

课程进行中还有额外的吸引力——悠扬的背景音乐——胡唯乐习惯听着收音机睡觉,最喜欢的频道是调频790,老歌台。那个频道的节目包括了各个时期最好的浪漫博莱罗舞曲,这些曲子的旋律通过床边安装的传导器径直传到被用作“摩尔斯”教室的隔壁房间。此情此景让雨薇娅能边听音乐边传递信息。

要当电报员,最重要的是绝佳的记忆力,每个单词的信号都是逐个字母发送过来的,接收的电报员必须跟着记住每个字母并写下来,直到拼成一个完整单词。他得把这个单词写在纸上,同时继续接收信息,也就是说一边收听、记忆、翻译,一边继续接收新信息。这个过程怪异而困难,因为一旦写慢了,就会落下很多。把声音变成单词,这个任务对听觉而言十分沉重,很容易使人疲倦。

如果一个电报员能把信息用最准确清晰的声音传递出来，就叫作“字写得好”——因为这样便于理解——也总有很多人“字写得恐怖”，发出的点阵声之间隔得很开。雨薇娅、奥洛丽塔和娜蒂就是如此。他们当中“字写得好”的只有雷耶斯，这很好理解，毕竟他做过四十年电报员，尽管已有很多年没有收发过信息了，他也只需几个小时就能完全捡起来。而胡唯乐的“女人帮”恰恰相反，她们像在大街上用点和线逃学，不时弄混声音或者用错误的方式翻译。总之，简直是一场灾难，不过，至少她们的初衷都是美好的。

要想掌握电报机还需要很多小时、很多天、很多年的努力，不过，三周之内，她们已经学到足够听懂胡唯乐用电报机说出的最初几个单词的程度了。

那是个值得纪念的时刻。雨薇娅早早请来雷耶斯和丘乔，还邀请了洛丽塔——所有人亲密的朋友，她把自己的一生都奉献给了电报局秘书的工作。

所有人都准时到来。雨薇娅在家里等着他们，还有她的一儿一女费德里科、佩尔拉以及两位护士奥洛里亚和娜蒂。胡唯乐丝毫没有怀疑什么，但是当他知道丘乔也来了的时候，他预感到肯定发生了什么奇怪的事，不然他亲爱的朋友应该在医院服侍妻子，而不是出现在这里。当然，他完全想不到等待他的巨大惊喜。当外孙女佩尔拉把一台笔记本电脑和一台电报机架在他腿上的时候，胡唯乐的脸一下亮了。所有那天在场的人都永远不会忘记,当胡唯乐用手辨认出电报机的时候脸上涂抹开的闪光笑容。无须更多解释,他知道为什么大家拿来电报机,也没有再耽搁,小心翼翼又十分坚定地发出了第一条信息。是给女儿雨薇娅的,他说:

“谢谢你,小丫头,我很爱你。”

雨薇娅的眼睛里盈满泪水,出乎胡唯乐意料的是,她拿过电报机用摩尔斯电码回答道:

“我也爱你,小伙子。”

胡唯乐不可置信地睁大眼睛。他的女儿会摩尔斯电码!这真是莫大的惊喜。那天的最高潮是当他证实了“女人帮”的另两位成员也会摩尔斯电码的时候。奥洛丽塔和娜蒂都想和他说话,想用摩尔斯电码让他知道她们也很爱他。电报机的声音,世上独一无二的声音,淹没了胡唯乐的房间。洛丽塔的泪水夺眶而出,甚至比 1992 年电报被宣布永远退出历史舞台时哭得还要凶。那一年,她出席了那个宣布电报被永远尘封、不再作为通讯方式的仪式。当时有幸在电报局发出最后一封信的电报员,情不自禁地在电报最后添了一句:“再见我亲爱的摩尔斯,再见。”如果说,彼时洛丽塔的哭泣是因为悲伤,这一次就是喜极而泣。如果说,彼时的泪水是为了送别电报,这一次就是为了拥抱它的回归。

费德里科觉得自己比任何人都更了解外祖父,他看见胡唯乐眼睛里都是泪水,又深知外祖父不喜欢在公共场合情绪外露,于是他决定打破这一刻的情绪失控,简洁准确地解释了电脑程序的工作方式。胡唯乐和费德里科很亲。他一直十分宠爱雨薇娅的孩子,相比之下和劳尔的三个孩子稍稍疏远一些。

劳尔年轻时就去国外定居,只在假期时带着孩子们回墨西哥,最近几年连假期也不回了。家里的男孩都结婚生子,定居国外,不再以理想的频率回来看望墨西哥的亲人。胡唯乐只能用信件和电话与这个家族的另一脉保持联系。而雨薇娅的孩子是胡唯乐看着出生的,他扶着他们迈出第一步,和他们一直玩到玩不动,他教他们骑自行车,甩陀螺,玩滚球。雨薇娅离婚以后,他几乎成了孩子们的父亲。胡唯乐像一位善解人意又爱意深沉的父亲,引导孩子们度过青春期,教他们开车,在需要的时候借汽车给他们,从来不会在他们不要求自己支招的时候给建议,他懂得完全尊重孩子们的生活和行事方式。所以,佩尔拉和费德里科如此敬仰外祖父,看到他生病会如此尽力就是自然而然的事了。

胡唯乐专注地听外孙说话,颤抖的手依旧反复抚摩着电报机,仿佛那是他这辈子拥有过的最珍贵的东西,等费德里科结束了对电脑程序运作细致的讲解,胡唯乐通过电报机又一次开始说话:

“这给我打开了一个充满可能性的世界。非常感谢你们所有人。”

“谢什么谢，老伙计，我们可是想着好好利用一下你女儿的投资，准备把你放到圣·多明戈广场去当写信员。”

胡唯乐发出一阵大笑，雨薇娅已经很久没有听过父亲这样笑了。

“你知不知道你爸爸曾经在特别缺钱的时候……”

胡唯乐用电报机干涉，打断了谈话：

“总提这一段！”

“不，真的，他有一段时间在圣·多明戈广场上给人写情书，你简直想象不到他当年多么成功……”

“那时候是的，可是所有的工作已经结束了，那时候我看得见，能说话，能动……”

“你现在是看不见了，但你还是知道自己捧着的是什么，看看你是怎么操作电报机的。”

所有人都笑了起来，尽管胡唯乐多年没有碰过电报机，依旧能顺畅地用它交流，这的确令人震撼。这时雷耶斯也加入了谈话。

“看看你那双手多么厉害！连我都不能那样操作电报机。”

“你说‘连我都不能’想暗示什么？暗示你当电报员比我当得好？”

“老胡，别理他！你看到他现在多自大了吧，就因为他是我们所有人中间吃药吃得最少的。”

“不是吧,丘乔,你比我吃得更少吧,别装了。”

“我?你怎么回事!我要吃降血压药、助消化药、心脏病药和治气喘的药!”

“那不就是了!我吃六种药。比你多两种。”

“小伙子们,别打了,反正我,一如既往,可以打败你们所有人。”

“那是当然,多有意思啊!就凭我那位嫂子给你带来的生活,谁不得把各种病都得全了!”

“好吧,小伙子,但是我选择了她并且承受了她,不是吗?这还是有好处的。你当初要是找了一个同样麻烦的女人,这会儿你就会在得病数量上赢过我了。”

雨薇娅、佩尔拉、费德里科、奥洛丽塔和娜蒂聆听着这些笑声,不过他们总要延迟一会儿才能加入进去,因为他们还跟不上电报交谈的速度,必须等到信息从电脑屏幕上出现才能做出反应。不过尽管笑声有时间差,其中的享受与快乐毫无差别。

雨薇娅幸福地看着父亲“说话”,参与交谈,看着他又开始讲述那些迷人的轶事。通过电脑,雨薇娅听说了父亲曾经开在雷耶斯身上的玩笑,那个玩笑差点让雷耶斯犯血栓。

他们曾经一起在墨西哥石油公司的一间信息接收站工作过很多年。胡唯乐负责白班,雷耶斯负责晚班。工作负担并不重,但是确实很孤独。胡唯乐十分想念电报局的同事。在接收站,他们没有人可以交谈或者讲笑话。于是他们发明了一套自娱自乐的方法,其中一人在另一个人身上恶作剧,娱乐的、恼人的、无辜的,任何类型的玩笑都可以,总之要让工作时间过得越享受越好。

那间接收站负责接收从不同油井传来的信息,办公面积很大,足够放下那些巨大的无线电信号接收器。可是面积大就意味气温很低。接收站的负责人只有胡唯乐和雷耶斯。冬天的时候,雷耶斯习惯用电暖器,因为那地方的低温实在让人不能忍受。胡唯乐的优势是白天太阳能给房间加点温,虽说日照时间也不长,而雷耶斯完全见不到太阳。

12 月的一个晚上,圣诞节假期间,雷耶斯到达接收站,打开电暖器,一如往常。他缩在扶手椅上取暖驱寒,没过一会儿,他开始听到令他毛骨悚然的爆炸声。他从座位上跳起来,汗毛直竖。他觉得所有的仪器都像在打雷。等他看清究竟发生了什么的时候,才发现胡唯乐把一包爆竹拴在了电暖器上,随着温度的升高导火线被点燃了。

第二天,雷耶斯成功复仇,并且让胡唯乐付出异常昂贵的代价。他打电话给露恰,问她知不知道胡唯乐在哪里,说胡唯乐已经一周没来上班了。

谈话一时间被笑声打断了。所有人都知道露恰发怒的时候有多暴躁,完全能想象到胡唯乐的遭遇会如何。等大笑稍稍平息以后,洛丽塔自告奋勇讲了一个他们曾经在电报局里做过的恶作剧。

“记不记得有一次,大家往丘乔的抽屉钉了钉子,结果他连拉带拽好半天?”

“还有那天我们往堂·佩德罗的电话听筒上涂复写纸?”

出人意料的是,房间里的笑声突然调低了一档。胡唯乐的脸色变得很严肃。洛丽塔向大家做了噤声的手势,而雷耶斯立刻换了话题。

“就是啊,太残暴了! 我都不知道我们怎么敢那样做。不过最好的恶作剧还是这个,有一天洛丽塔写字台上堆了一大摞纸,我就藏在离她很近的一根柱子后面,拿了一把扇子冲着那堆纸扇风,不过她看不见我。那些纸飞起来,洛丽塔就起身去捡。她很怀疑地看了看窗户,又回来工作,这时候,我又开始扇风……”

“是啊,老兄,别提你那扇风的事了,洛丽塔一直很通情达理的。”

所有人又都笑起来,除了胡唯乐。雨薇娅并不意外。一定发生了什么。父亲完全没了好心情。送洛丽塔去门口的时候,雨薇娅在对方告别前问道:

“洛丽塔,那个堂·佩德罗是什么人?”

“是个跟你爸爸关系不好的人,好吧,跟我们所有人都关系不好。就这样吧,孩子,我告辞了,已经很晚了。”

往常洛丽塔十分健谈，告别之前总要在门口待上很久。想让她停下不说话可是得费些功夫的，所以这天她的匆匆告辞让雨薇娅更加好奇发生了什么。洛丽塔不想谈论堂·佩德罗，个中定有蹊跷，她想查清究竟是什么，不过这要另择他日了，眼下她需要好好泡个澡放松一下。这一天的情绪波动太过剧烈。

水是雨薇娅最喜欢的元素，对她有神奇的作用，总能即刻使她平静下来。平时她只要像僵尸一样漂浮在水里，几秒钟之内就能得到深度的休息，这次却并不奏效。

这一次，无论她多么努力将注意力集中在父亲收到电报机时喜悦的面容，脑海里都会闪过他后来阴沉忧伤的脸。那是一张她从未见过的脸，让她意外至极。她觉得这与一张洛丽塔当天下午带来送给爸爸的照片有关。那是一张老照片。里面的所有同事中，雨薇娅能认出洛丽塔，她那时候和现在一样戴着老花镜，她认出了还长有头发的丘乔，没有白头发也没有大肚子的雷耶斯，她看到了身体各部分功能都运转良好的父亲，还有母亲，挺着孕中美丽的肚子，光芒四射。那是一张安静的照片。沉默的照片。父亲的目光很悲伤，看上去有什么事令他担忧心痛。

很显然大家在庆祝生日或者类似的活动，但是从她亲爱的父亲脸上来看，他完全不开心。有什么事搅扰着他。站在他身边的是母亲，一如既往的美丽夺目；父亲搂着她的腰，虽然看上去亲密，雨薇娅却能感觉到他们之间存在着鸿沟。照片背后写着拍照日期：1946年9月。她出生的两年前。

看上去母亲已有五六个月的身孕。雨薇娅想掐指算一下月份和孩子的出生日期，这才注意到这段时间以来她的手指一直在无意识地动，像在发电报信号一般。她高兴地发现自己的手在自动练习。如果坚持如此，过不了多久她就能赶上父亲发电报的速度了。

雨薇娅一时间完全分了心；她专注于自己的双手，开始思考水面因手指的运动而发生的振动。她意识到手的运动次数越多，水面泛起的波纹越大。这引起了她的注意，并由此得出结论：数字代表的是一件事发生次数的多少。

比如，一个吻和一千个吻不一样，一次高潮和五次高潮也不一样。宇宙空间以不同的方式振动，取决于一件事重复发生的次数。从这个角度说，数字不仅代表金钱的数量——如母亲所想，而含有更加深远的意义，因为数字与宇宙保持着直接的联系，一个人说出数字的瞬间就意味着他要诉诸这种联系。数字就像是范型[①]。

接着她发现在单词中也能发生这样的事。每个单词的

① 柏拉图认为永恒不变的理念是个体事物的“范型”。

共振都不尽相同,因此也能在宇宙空间中产生互不相同的回声。这一刻,她突然想到数字和单词之间一定存在亲密的关系,类似遥控器按钮与电视机信号之间存在的联系,雨薇娅想找到这种联系。

寻找从当时当刻开始。第一步,她用手指“写出”一个单词的摩尔斯电码。指尖为点,指节做线。她就这样用点与线组成的单词进行对话。下一步,她将这些点和线变成对应的玛雅数字[①],试图在其中找到意义。最终,她发现自己选择的是父亲和母亲的名字,而它们对应的玛雅数字之和恰是 1946 年 9 月。

这个发现又把她引回到照片上。重新掐指算了算照片里的母亲大约还有多久临盆,雨薇娅发现得出的时间离自己的出生日期相距甚远。她从来不知道自己除了劳尔以外还有别的哥哥或姐姐。

发生了什么?

她清楚地知道父亲的身体状况不允许她问这样的问题,那么最合适的方案就是去拜访露丝·玛利亚·拉斯库拉因,也就是露恰。

---

① 玛雅计数系统是以点和线为符号的,具体可参见本书第二章相关段落。

第六章

爱情之后，最重要的是信任，两人相伴生活的好处之一正是可以完全享受这种相互信任。那是可以剥光灵魂的信任，可以在伴侣面前裸露身体而不觉害羞，可以坦然地交托自己，可以敞开心扉，可以放任自己腻在伴侣的怀抱里而不担心受到伤害。那是可以对丈夫或者妻子说："亲爱的，你牙上粘了点吃的"的信任，或者相反，不情愿地被告知有没擦干净的眼屎或鼻涕。

爱与信任总是携手而行。只有信任能让爱的能量流动，能让人与人之间彼此靠近。如果两人中有一方拒绝身体接触，明显无意于任何爱抚、亲吻或任何亲近，那么他们之间的信任不复存在的第一个信号就出现了。

露恰和胡唯乐在婚后头八年一直大手大脚挥霍着对彼此的信任。他们从来不会伤害对方到无法再互相信任的地步。他们相敬相爱,不过两人之间的确存在巨大差异。毫无疑问,最重要的分歧与露恰不满意胡唯乐提供的生活有关。不仅如此,胡唯乐坚信这是妻子没有再怀孕的原因。不过他并未为此忧心。不是因为他不想要更多的孩子,而是因为电报员的工资只够养活露恰和他们的头生子劳尔,暂时还无法负担更多子女。至少无法像露恰期待的那样。她所要求的生活是胡唯乐远远不能支付的。

胡唯乐用从堂・佩德罗手中赢来的钱(减去给赫苏斯和露碧塔举办婚礼的开销)费尽心力买到了一套让妻子开心的房子。那是一套小房子,但是足够舒适,而且离露恰的父母家足够近。房子还是在桑塔・玛利亚・拉・里维拉区,不过已经毗邻桑托・托马斯区。尽管房子的面积没有拉斯库拉因家大,却也非常舒适。优雅的客厅连着朝向街面的阳台,摆满花盆的走廊两侧是三间有高房顶和木横梁的卧室,走廊的尽头是饭厅和浴室。饭厅隔壁是宽敞的厨房,还有一个可以让劳尔随心所欲玩耍的后院。

那时候露恰觉得特别幸福。能在首都安家,不用再像之前那样一直过漂泊的生活,这让她很满足。在有限的家具里选择某一件放进新家也像玩过家家一样有趣。所有与布置新家有关的事都给露恰带来无以伦比的享受。结婚以来,她第一次享受到这样的自由,能随心所想地在墙上钉个钉子或者放一个盛满鲜花的大花瓶。此前她住过的房子或旅店都是租来的,永远不属于他们。而对露恰而言,享受任何东西之前,重要的是先拥有它们。

胡唯乐则恰恰相反,要想将世界据为己有,看上一眼就足够。他享受栀子花的香味,无论是邻居家的还是自家花盆里的。他懂得理解别人的痛苦与不幸。他懂得和朋友分享梦想,愿意把别人的成功当作自己的去庆祝。也许正因为此,他才能成为如此成功的电报员。他每发一条信息都全心投入,仿佛自己就是真正的寄信人。也许正因如此,回到首都之后,他很想念以前直接与人沟通的感觉。

此前在他做临时电报员的那些小城镇,胡唯乐能追踪到发出的电报,可以立刻知道收信人看到这样或那样的电报会有怎样的反应。而在首都,他的工作变得冷冰冰的,失去了生气。他再也不会知道自己发出的电报后来怎样了,因而失去了从前的满足感和工作的意义所在。

他不知道自己完成这么多工作是为了什么。电报员调解与联系的职责消失在偌大的办公室里,收发电报只求越快越好,看重速度而忽略了沟通的效果。胡唯乐有些失望,但是他也知道自己的选择是正确的,这是露恰的希望,是儿子的需要。

他是为了妻儿工作,而不是为他自己,这倒是积极的一面。看到露恰搬进自己的家,胡唯乐十分满足,能恰到好处地照顾儿子的穿衣吃饭也让他开心。露恰感激他的努力,不过得到的钱依旧够不上她的期待,有孩子以后就更不够用了。她希望劳尔能接受最好的教育,想给他买最好的鞋子,最好的自行车,最好的足球,这样一来,露恰觉得手头很紧,于是几年来一直催胡唯乐去找兼职,并且总是批评他胸无大志。

胡唯乐觉得露恰这样说他是不公平的。他并不是没有生活目标,只是那些都不是露恰心中的目标。胡唯乐并不急于变得富有,那不是他生命中最重要的志向。母亲赫苏萨常说,富人穷得只有钱。他完全同意。生命中有太多比简单的资本积累更重要的东西。在胡唯乐心中,所谓富有的人是有能力快乐的人,他想做那样的人。

劳尔出生的时候,胡唯乐不满二十一岁,露恰二十岁,自己都还是孩子。两人结婚时都太年轻,甚至到了大儿子出生的时候,胡唯乐还没和朋友们一起享受够青春。初为人父的那几个月,他完全失控了,觉得劳尔是一个闯入者,要抢走露恰的爱和注意。不过等孩子开始笑,开始拥抱他,他的评价就完全变了。他开始把劳尔视为自己不曾拥有过的胞弟,儿子很快成了他的玩伴。父子之间建立起了极为深刻的感情,劳尔刚会说话时发出的第一个单词就是“爸爸”,每当出现什么意外,他也不是哭着喊着叫妈妈,而是要找爸爸。太过年轻的父亲自己都像个大孩子,每天在电报局做完超负荷的工作以后,唯一想做的就是放松,和儿子玩一会儿，然后和朋友们聚在一起弹吉他唱歌。

在露恰看来，这代表胡唯乐对于在生活中取得进步完全不上心。她觉得胡唯乐浪费在玩“小吉他”上的时间完全可以用来上英语班、法语班、会计课程，或者再找一份有收入的工作，总而言之，一件能带给她和孩子未来的有指望的事。要知道，只看脚下的人是不会有令人满意的成就的。

劳尔一天天长大，露恰想给他报一所很好的自费私立小学，比如威廉姆斯学校或者类似那样的。胡唯乐却认为没有必要。当初他搬来首都的时候，他的父亲就让他进了那所私立学校，结果没能支撑多久，家里的积蓄就耗尽了，他只得转学去政府办的公立小学。胡唯乐在后来的学校比在私立学校开心多了，所以他看不出自己的儿子为什么不能也去公立小学。露恰则恰恰相反，她从小在法语学校上学，并且十分感激那段经历。她把接受高质量教育视为最基础的需求，尽管没有和胡唯乐明说，但是她心里觉得两人所受教育的差距是非常明显的。

胡唯乐不会英语、不会法语、不了解欧洲，他不知道社会是如何发展的，露恰认为正因如此他才注定只能过平庸的生活。而露恰具备的能力足够她在任何时代找到非常体面的工作。在某次关于另一件事情的争吵中，她已经提出了这种可能，但是胡唯乐断然拒绝了。他觉得让妻子工作太不合适了。他所受的教育就是男人应该成为家中唯一的经济来源。所以,为了不再因为经济问题爆发更大的争吵,胡唯乐开始做兼职。他放弃了和劳尔一起玩耍的下午,放弃了和朋友们组成的三人乐队,放弃了古蒂·卡尔德纳斯[①]的歌曲,放弃了在XEW[②]电台唱歌的梦想,从电报局下班以后就去墨西哥航空公司做电台操作员。

有了这份额外工作,他们很快就能买得起新冰箱,滚筒洗衣机,并把暖气从烧木柴的换成了用电的。露恰喜上眉梢,胡唯乐看见妻子开心,自己心中也很高兴。

那段时间,他们的家庭生活质量明显提高。用上洗衣机、高压锅和榨汁机为露恰省出了很多时间,她有空去散步、去美容院、去逛街购物。她很感激胡唯乐——她太需要它们了,于是不知疲倦地向他宣传冰箱和其他家用电器的优点。只是胡唯乐不怎么听,他每天回到家都已经累得半死不活,这时候还必须强打精神听妻子具体描述自己一天在家都做了什么,常常听着听着就沉沉睡过去。

于是露恰又找到了新的吵架理由。她抗议胡唯乐对他们之间的谈话缺乏兴趣,而且都没注意到自己专门为了欢迎他去做的美甲。胡唯乐耐心温柔地解释说,自己并不是忽视她,只是觉得更重要的是把短暂的相聚时间用于和她

① 古蒂·卡尔德纳斯,墨西哥著名歌手、吉他演奏家、作曲家。1905年出生于墨西哥城,1932年4月遇害,年仅27岁。

② XEW:墨西哥城一家以娱乐节目为主的电台,1930年9月18日晚八时开播,延续至今。

做爱，而不是浪费精力和时间用来聊天。

露恰勃然大怒，告诉丈夫自己需要一个可以说话的人，而不仅仅是一个可以做爱的人，毕竟她不是妓女。胡唯乐哑口无言。他以为想向妻子表示自己依旧爱她爱得发狂，最讨人喜欢的方式就是做爱，所以不理解为什么露恰觉得他坐下来跟她聊天、盯着她看更重要。

好在这样的针锋相对都不会持续太久。第一个拥抱，亲吻，再拥抱，很多声抱歉和对不起，最终以纠缠在床上告终。

直到又一次这样的和好之后，露恰又一次发起攻击，并要求胡唯乐允许她出去工作。胡唯乐已经拒绝得很累了，而且自己也越来越难买得起露恰想要的各种东西，于是同意了妻子的要求，但是有一个条件，那就是她要在电报局里工作。他觉得就算两个人都要工作，至少也应该找到某种方式一起度过一天中大部分的时间。

露恰的父母尽管完全不同意女儿工作，毕竟家族里从来没有女人婚后还工作的先例，但是他们还是决定帮助她。依靠家里的影响力，他们约见了通讯部门的主管，请他给露恰在电报局工作的机会，给局长当特别秘书。虽然露恰没上过双语秘书课程，她的英语和法语都说得很完美。不过她顺利得到职位与掌握这两种语言并没有很大关系，主要是因为她的美貌。电报局局长觉得有一个如此美貌的秘书，自己的地位也陡然提升了。

其实露恰出现在电报局不仅提升了局长的地位,也提升了整个电报局的地位。胡唯乐从来没有吃醋,恰恰相反,他想到这个让别人如此仰慕渴求的女人是自己的妻子就觉得无比自豪。当然,他的大部分同事都是他的好朋友,他们只是仰慕露恰而已,从来没有冒出过任何邪念。这是胡唯乐从他们的目光里读出来的,所以他并没有危机感,虽说露恰在写字台间走动吸引所有人愉悦的目光,实际上主要的受益者还是他自己。能和妻子同在电报局工作是胡唯乐遇见过的最美好的事。有她在身边,一切都闪亮起来。

在电报局里,胡唯乐和露恰度过了最幸福的年月。他们都在早上工作,因而可以像谈恋爱时那样相处。他们每次在走廊遇见都会互相投以爱的眼神,他们总是去找对方,抓住任何零星半点的机会给彼此一个吻、摸摸手或者拥抱一下。一起乘坐电梯又没有别人在场的时候,他们会相拥激吻。有好几次甚至到了反锁在厕所里做爱的地步。比起夫妻,他们更像是一对情侣,考虑到他们的儿子都已经八岁了,这实在是不可思议。

劳尔在露恰父母的照顾下一天天长大。他长得很快,尽管一开始十分想念父母,不过坐拥各式玩具,他很快就适应了新环境。周一到周五劳尔都在外祖父外祖母悉心的关注下度过,周末则是属于父母的。周六周日对这家人而言就是节日。胡唯乐想以某种方式对抗岳父岳母对劳尔产生的巨大影响。他带劳尔去市场吃饭，去霍奇米尔科[①]散步，带他去看墨西哥城市中心最有趣的角落，好让他用更广阔的视角去看墨西哥。他觉得儿子在去仰慕其他国家的文化之前，首先应该全面了解自己的传统和文化历史。

而露恰则抓紧胡唯乐和劳尔出去散步的时间好好休息，在后院晒太阳，恢复元气周一再继续工作。一家三口聚在一起的时候会都穿着睡衣睡裤在家里乱逛，如果劳尔去库埃纳瓦卡[②]和外祖父母一起过周末了，夫妻俩就干脆光着身子在床上过周末。

就这样，露恰的工作让这对年轻夫妻又多享受了几年升级版的激情。露恰的口袋里现在有钱买长筒袜和衣服，生活的乐趣也随之恢复，似乎他们之间的问题已经全都消失了。

只是，命运不合时宜地打断了他们的生活，将一切搅得天翻地覆。

---

① 霍奇米尔科：墨西哥联邦区的一个历史名镇，于 1987 年入选联合国教科文组织评选的世界文化遗产名录。

② 库埃纳瓦卡：墨西哥莫莱罗斯州首府，原址是三千多年前被誉为“中部美洲文明之母”的奥尔梅克文明的历史遗迹。

变化到来的第一个信号是露恰又怀孕了,这个消息让夫妻二人十分意外。他们俩谁都没想到。他们已经说服自己相信,露恰在生了劳尔以后就怀不上孩子了,而今却难以置信地发现事实并非如此。恰好也是那段时间,一个他们以为已被淡忘的人重新回到了他们的生命中:维查潘的地方一霸堂·佩德罗。

在墨西哥大革命中,有一群机会主义者借机把自己安进政府部门,从此肆意妄为,堂·佩德罗就是其中一员。自从当年赌局输给胡唯乐以后,佩德罗加入了革命制度党,成了联邦提名议员。后来他在联邦议会担任过不同性质的行政职位,其中就包括电报局局长,尽管这是最无关紧要的职位,他也没想过抱怨,这样才能表现出对党的服从和忠诚。

像堂·佩德罗这种嗜权如命的人,让他去当妓院浴室的督察员都行,只要能留在当权者的圈子里。而且,从第一次巡查来看,他觉得去电报局当局长没什么不好。电报局里首先引起他注意的不是悠久的历史,也不是楼房的建筑美,而是那个要当他特别秘书的女人拥有的美臀:不仅如此美丽,而且,不知为何,如此熟悉。等她被引见给他的时候,堂·佩德罗直接问道:

“我们以前不认识吗?”

露恰回答说:

“认识,先生,我丈夫在维查潘做过一段时间的电报员,我们在那时候认识的,不过已经过去很多年了。”

“原来如此!我怎么能忘了。您的丈夫赢过我一场令人难忘的扑克牌局……不过,看来这就是生活,我初来乍到,居然就在局里见到了老相识。”

这消息让胡唯乐的胃比吃了臭鱼烂虾还难受。来了一个自己这么讨厌的人做上司他真是一点都高兴不起来。见面打招呼的时候两人都像宿敌一样冷淡。显然堂·佩德罗很不高兴自己一直觊觎的女秘书的丈夫居然也在自己手下干活。平时他看谁不顺眼就会立即付诸行动。只是这一次,事情不会那么容易。胡唯乐感到,他的目光就是这么说的。

堂·佩德罗要不是认出了胡唯乐妻子的美臀,都认不出这个牌局老伙伴。胡唯乐留了胡子,浓密的胡须让他看上去更加帅气,更有男人味。堂·佩德罗则完全没变。他除了长了点肚子,其他还是一样,还是那么肆无忌惮为所欲为,只是现在他拥有更大的势力和更多的花招。

胡唯乐完全知道堂·佩德罗有能力做什么,很快他的怀疑变成了现实。堂·佩德罗一开始在新职位上工作,就得到了完全意义上的掌控权。他觉得电报局的一切都是属于他的:楼房,写字台,电报机,电报员……还有,所有女秘书。他觉得自己可以对这一切做任何自己想做的事,他可以随心所欲地挑选、支配、使用所有人。很快,有流言说他对女秘书们动手动脚。显然他最主要的目标是他最喜欢的、也离他最近的露恰。

对露恰而言,上班成了一种折磨。她不仅要承受怀孕最初几个月的呕吐和眩晕,更要忍受堂·佩德罗的各种献媚。她能感觉到他一直盯着自己的肚子和臀部。露恰已经不知道该怎么隐藏这些部位。更糟的是因为怀孕的缘故这两个部位还在不断变大,而堂·佩德罗完全不在意她怀孕的事实,他只在意怀孕的露恰给他带来的感官享受。露恰已婚的身份对他而言毫不重要,反倒更加刺激。每天他都更带劲地实施自己的攻击。刚开始只敢挑逗一番,慢慢地他开始在路过她的写字台时从后面抚摩她的肩膀。他还送她鲜花和巧克力,附上小纸条出现在她的写字台上,最后,终于进入了精神骚扰的阶段。

有时候,他口述完一封信后会问她:

“小露恰,你怎么了?不舒服?”

“没有,先生。”

“我看您面对我很严肃。”

“并不是这样,只是我身体不太舒服。”

“看吧,那你就是不舒服。说实话我不明白一个像您这么美丽的女人,您的丈夫怎么会把你弄出来工作。”

“他没有把我‘弄出来’工作,那是我个人的决定。”

“就算是个人决定,恐怕也是被某些迫不得已的状况所逼做出的决定吧,没有哪个女人抛下家庭和孩子出来是为了找乐子……这么说吧,此时此刻您难道不想待在您的小房子里享受爱抚和甜言蜜语,还是说您想跑到这里来听我这个老色鬼说话?”

露恰得仔细想好该怎么回答。如果她给出肯定的答案,堂·佩德罗就会认定她出来工作的决定是受家庭状况所迫,可是如果她给出否定的答案,他又可能解读成露恰喜欢待在办公室里听他说话。他不仅是个老色鬼,更是道德沦丧之人,两难之下,露恰最后选择耸耸肩径直离开了堂·佩德罗的办公室。

可是等到她走回自己的写字台,上司那些恶意的话开始对她产生影响,她对胡唯乐感到很恼火。她当然更愿意待在家里享受孕期生活,干净又纯洁,而不是在这里,成天护着肚子躲避堂·佩德罗猥亵下流的目光。想到这里她的恶心更严重了,最后在女厕所里呕吐起来。

胡唯乐也很绝望,电报局对他和露恰而言不再安全。空气里都能呼吸到不间断的威胁,他觉得束手无策。他尽己所能才好不容易做到体面持家。他已经在两个不同的地方工作。要是一天能有 36 个小时而不是 24 个小时,他还可能再找一份工作。

他迫不及待地想让妻子离开电报局,可是露恰不愿意。

一开始她的确想过辞职，但是胡唯乐和她已经计划好买一套稍微大些的新房子，好给即将出生的宝宝一个单独的房间，而这笔预算还指望着她那份工资，所以她决定继续工作，只是得尽量避开堂·佩德罗。可最终的结果却是她的上司越来越放肆，而胡唯乐对工作投入明显变少，整天都在关注露恰和堂·佩德罗之间发生了什么。

胡唯乐不是唯一心神不宁的人。整个电报局都笼罩在疑云之下，所有的人际关系、劳动关系都在堂·佩德罗到来之后彻底改变了。没过多久大裁员就开始了，每个人都害怕厄运落到自己头上。曾经存在于同事之间的信任感逐渐消失了。笑话和玩笑也可想而知地消失了。原本只有胡唯乐可能改善这个局面，可是他已经因为私事焦头烂额，根本无暇顾及其他。这种情况日益严重，终于有一天达到顶峰。

当时露恰已经怀孕七个月，那天她正和洛丽塔一起工间休息。肚子里的宝宝也抓住这个机会伸胳膊伸腿。洛丽塔注意到露恰肚子的变化，好奇地要求露恰让她感受一下孩子的动静。洛丽塔是个老处女，一辈子都在电报局度过，所以很想摸摸孕中的肚子。露恰当然同意了这位亲爱的朋友提出的要求，就在此时，堂·佩德罗突然出现，也要求露恰让他碰一碰她的肚子。

堂·佩德罗给出的理由和洛丽塔一样,他说自己实在好奇,想亲手感受一下胎儿的动静。露恰陷入两难境地:她不想让这个男人碰自己,如果她拒绝了又会显得粗鲁,因为她已经同意了洛丽塔的要求。就在露恰踌躇不决的时候,堂·佩德罗已经上手去做了,他推开洛丽塔的手,把自己的手放上去,顺便借机摸到了露恰的胸。露恰还没来得及发怒,胡唯乐恰好出现了,震怒中一把推开堂·佩德罗的手。

“你这辈子都不许再碰我妻子。”

“你算老几,敢命令我。”

作为回答,胡唯乐一拳打在堂·佩德罗脸上。那是拳王“阿兹特克小子”风格的一记有力右勾拳。堂·佩德罗笨重的身体顺着几秒钟前胡唯乐大步冲上来的楼梯滚下去,那一刻,周遭一片死寂。没人敢相信眼前发生的事。好人胡唯乐,笑面人胡唯乐,礼貌亲切的胡唯乐,所有人的朋友胡唯乐,刚刚揍了一个人,而且不是别人,是他们的上司,所有人最痛恨的人,大家最害怕的人,所有人的敌人。

毫无疑问,所有的同情都站在胡唯乐一边,可是大家都不得不藏起这种同情,屏住呼吸看着。雷耶斯试图帮助上司从地面上站起来,但是被堂·佩德罗拒绝了。

“我没事。只是绊了一下。都回去工作吧!”

堂·佩德罗站起身,拍拍灰,从口袋里拿出手帕止住嘴里流出的血,走向自己的办公室。关上门的那一刻,他已经开始思考复仇的计划。堂·佩德罗从来不是体面的输家,而胡唯乐已经击败他两次了。最让他怨恨不已的是他因此显得滑稽可笑。他永远不会原谅胡唯乐。流血的嘴巴很疼,因为那一拳,更因为受伤的骄傲。

就这样,胡唯乐签下了电报局生涯的死刑书,不过他不在乎。他觉得自己做得对,现在只要说服露恰和自己一起递上辞呈就行了,可是露恰劝他最好先平静下来,再仔细考虑这些事情。他们没有条件失业,更别说是双双离开。

无论如何,这件事毁掉了大家为洛丽塔准备的惊喜聚会。那天她过生日,大家本想用蛋糕和耳熟能详的生日歌为她庆祝。

少了胡唯乐的笑声和笑话,聚会不再像前几年那样愉快。那天无论是胡唯乐还是其他人都没有心情开玩笑。要想发出笑声,必须有相互信任的氛围,而此时的电报局正在慢慢失去这种氛围。雷耶斯想让大家情绪高涨一点,使出浑身解数才终于引发同事们的一阵大笑,不过已经足够抓拍下一张纪念照片。

雨薇娅仔细观察着这张照片。毫无疑问,照片里的母亲是怀有身孕的。怀孕的迹象很明显。她注意到母亲的手放在肚子上,像在保护里面的胎儿不受某种迫在眉睫的危险。她把照片翻过来,确认上面记录的年份是1946年。比雨薇娅的出生早两年。一定出了什么错。照片显示母亲曾经怀孕过第三次。这不可能。这么多年从来没有人提过这件事。雨薇娅觉得很蹊跷。首先母亲本人就从来没提过。而堂娜·露丝·玛利亚·拉斯库拉因从不骗人。欺骗在她家是惩戒最重的错误之一。母亲打破了全家人毕生遵循的道德准则,这一发现让人震惊。不过她好好想了想,也许她并没有撒谎,只是隐瞒了一些重要的事。

那么父亲呢?他保持沉默的理由又是什么?他为什么要保守那个小生命出生的秘密?也许那次怀孕没有顺利地继续下去,预期的生产没有发生。无论是哪种情况,都无法解释为什么要如此隐瞒。

那么劳尔呢?这次怀孕发生的时候他已经8岁,不是小孩子了。如果另一个孩子出生过,劳尔应该记得。或者,他要是不记得呢?要是他像自己一样被瞒住了呢?不过现在最大的可能还是劳尔的确知情,只是出于身为长兄过度的保护情结,他不会说。劳尔的这种长兄情结时常让雨薇娅感到困扰。他对待她的态度仿佛她毫无防备、十分脆弱，仿佛他必须照顾她，否则她无法在生活中保护自己。雨薇娅早已对做妹妹、受到这样的对待很厌烦了。为什么所有人都合伙对她隐瞒这件事？她觉得自己被骗了，被背叛了，她很愤怒。

第七章

我问自己，从上帝说“要有光”的那一刻到光的出现，这之间经过了多长时间。有时候，两件事之间只有一秒的差别，却给我们的生命带来180度的剧变。

爱在哪一刻变成了恨？是如何走到了那一步？什么触发了这种改变？是不断重复的行为带来了伤害与冒犯，还是一次孤立的偶发事件足以摧毁一段爱恋？

一幢房子可能随着岁月的流逝一砖一瓦逐渐倒塌，也可能在眨眼之间被强力炸弹拆毁殆尽。

城市与街道可能一点点变了容颜，也可能在地震的几秒内天翻地覆。

一个人可能慢慢模糊了生命轨迹，也可能被一颗骤然降临的子弹击中即刻从世上消失。

同样，在我们内心深处，对一个人的印象可能随着时间慢慢增长,也可能在一瞬间轰然崩塌。而我们留给别人的印象可能因为鼓励的话语而加深,也可能毁于伤人的词句和恶意的动机。亲近别人可能让我们成为更好的人,也可能永远摧毁我们的自尊。有时候,一个单词就够了。一个单词,就能终结经过多年心理调适才得到的安全感。所以,在去拜访母亲之前,我习惯于先为自己竖起一堵保护墙,好让我不被她的话、她的恨、她的不自信和她的消极伤害。

"你好呀,我的小丫头,你怎么样?"

"很好,妈妈,你呢?"

"就这样吧。你知道的。生活里哪少得了烦心事儿!不过我们别说我了,让我看看你,你太久没来这儿了……哎呀,孩子,你看你怎么瘦成这样!我跟你说了我不喜欢你自杀一样投入地照顾你爸爸。你需要休息一下,去去海滩,晒晒太阳。我要是你就把他送到一个能好好照顾他的地方,自己也能过上正常的生活。你看上去累得不行,我能想象对你的孩子来说,家里有这么多人肯定也很不舒服,这不公平……"

"可是把爸爸送到救济院也不公平。我已经跟你说了……"

“好吧，好吧，我们不要吵了。我不干涉你的生活，我只是跟你说我觉得你应该做的……对了，佩尔拉怎么样？”

“很好，妈妈，有她男朋友……”

“哎呀，我的小丫头啊。你没看到这就是我一直担心的嘛！你一直被你爸爸牵扯着精力，都注意不到要有大麻烦压在你身上啦。要是你的女儿被爱情的热度冲昏头脑，做了错误的决定，你还不得哭死！你得跟她谈谈，我一点都不喜欢处了这么多年的男女朋友还不结婚。你看，我们上次聚会的时候，我不知道你有没有注意到，他们就像我们都不存在一样，继续牵着小手，亲来亲去，我的小丫头啊，你看，我跟你说，如果一对情侣已经不在乎别人在不在场，就糟啦！”

“哎呀，妈妈，别管他们了，让他们过自己的生活。”

“是啊，我是不插手，我都跟你说了我不会再插手任何人的生活。”

“那多好！”

“我现在跟你说的是我很担心，因为男人，所有的男人，你听好了，他们想的全是龌龊的事情，他们全都是下流胚……”

赶紧加固心理围墙，坚强一点，把防御墙都竖起来！对

母亲接下来的演讲,我早已倒背如流:“所有的男人都是一样的。他们想的就是怎么上了面前的女人;管她是邻居、女仆还是自己的儿媳。男人都是下流肮脏的猪,吃的是垃圾,甚至连母老鼠也能拿来乱搞……”

我不知道母亲指的是什么样的男人,因为,据我所知,她只有过一个男朋友,后来和他结了婚,而我绞尽脑汁也想不出父亲的人格里有哪一点符合这样的描述。恰恰相反,我记得他清洗酒杯的样子,记得他去排队买玉米饼,记得他每周日下厨做烤乳猪,记得他每时每刻都照顾着劳尔和我。我从没见过他用淫荡的目光看过哪位女邻居、女仆或者任何人。他要是这样做过,那非得是偷偷在离家很远的地方。不过我不准备和母亲争吵,所以没有发表任何评论,只是挑挑眉毛——这个动作可以有一千种解读——然后就换了话题。

“好啦,妈妈,劳尔呢,他怎么样?”

“挺好的,昨天我跟他在电话里说了话,他问起你爸爸,我说他病得很重,劳尔也认为应该把他送去住院。”

“他与其在那高谈阔论,更应该多和爸爸通通电话。”

“哎呀你想什么呢!你知道他有多忙,倒是你,不要总是数落哥哥的不是，你应该感谢他给你寄钱支付护士们的费用，要不是这样，你想想该是多大的灾难！所以我说应该……”

“妈妈，我已经跟你说了我不会把爸爸送进任何地方，对我而言这不是负担，完全不是。”

“好吧，你都这么说了，就这么做吧，只是以后你要是病了或者佩尔拉想离家出走了，你不要来我这哭……”

“妈妈，积点口德吧！”

“行，小丫头，我说过的，我不想干涉你的决定，但是我认为你把你爸爸留在家里惹出了很多麻烦，而且，我就想不通了，你为什么这么替他说话！看来生活就是这样啊！当初他都不想要的女儿现在这么护着他……”

“妈妈，你为什么要这样说？”

“因为事实就是如此，既然你要知道，你的爸爸，在我怀你的时候希望我去把孩子打掉。”

我投降了，我永远无法毫发无损地从母亲家里走出来。她总能打我一个措手不及，让我心烦意乱。我不知道母亲说的是不是真的。如果真是这样，父亲一定有他的理由才会对母亲提出这样的要求，而这关我什么事！我不可能因此就认定父亲不爱我。我的一生中，从来没觉得缺少父亲的关爱。而且，仔细想想，假如我是个男人，和母亲结了婚，恐怕也不想和她有孩子。无论如何，我不想卷入母亲的游戏，这一次，我要拿起指挥棒。

“好吧，既然说到爸爸了，他让我告诉你，他想和你说话……”

“你看，孩子，我都跟你说了一千遍了，我没什么话好跟他说。早在很久以前我就已经把一切都留在了过去。”

“那么，我想这张照片一定也被你留在过去了。”

“这照片你从哪拿来的？”

“洛丽塔给我的。妈妈，这照片里你怀着谁？”

“洛丽塔去看你爸爸了吗？”

“是的，你还没回答我，你怀的是谁？”

“你啊，你以为是谁？天哪，看看，这照片里多少死人啊！华尼托，拉洛，还有奇切，都已经死了……我觉得佩皮托也快不行了……不过，算了，我们不要再说这些你不认识的人了，告诉我费德里科现在怎么样，胖点了吗？”

“不，妈妈，他还是那么瘦。可是，你跟我说，为什么你从来不告诉我，爸爸和你还有过别的孩子？”

“你爸爸跟你说起他了？”

“没有。”

“嗯……那就是爱管闲事的洛丽塔？那个长舌妇一直爱着你爸爸，就她能说出这种话来，所以她才给你带了这张照片，单单挑了这张照片送给你，多么偶然啊！”

“为什么这张照片会引起事端？它有什么问题？”

“你看，安珀尔，这就是为什么我和你的聊天总要以吵架告终：你就是你爸爸的小翻版，总是代替别人说话，总想揣摩别人在想什么……我没什么可隐瞒的……就算有，那也是我的权利，子女没有理由非要知道父母所有的事，完全没理由。你倒是说说看，你想让你的孩子质问你离婚的原因吗？你会全说吗？不会，对吧？那你凭什么到这个家里来论断我！”

“没人要论断你，妈妈，我只是在问……”

“那你完全没这个权利！我就要这个就够了！来质问我？你以为你是谁？你有什么道德统治力可以来论断我？”

“我跟你说了我不是来论断你的……”

“看上去好像不是这样啊，小姑娘。而且你最好把和我说话的语调放平和一点。我还是你母亲，你必须尊重我！不管我以前做过什么事，我这辈子做的每件事都是有原因的，我不需要给你任何解释。谁让你来听我告解了？没有人，听到没？没有人。如果你好奇心这么重，想知道别人的生活，你怎么不去审问你女儿昨天晚上她男朋友亲了她多少次或者是怎么抱她的，我倒想看看她怎么回答你。尊重别人不说的权利才能带来和平！要是你那么感兴趣想知道我是不是有过另一个孩子，是的！我有过，他死了。如果你还想知道怎么死的，问你爸爸去……现在你满意了吗？你应该好好问我，而不是把我逼到这个地步。行了，安珀尔，你走吧，你已经让我生气了，我不想说什么伤你的话……你听好了！我从来没有，我从来没有做过任何想伤害你的事。我相信我是个好母亲，亲近你、给你关爱、给你我最好的一切，如果我犯了什么错，也没多严重。你真该有个坏母亲，那样你就真有理由抱怨了。随便一个打人的、酗酒的或者杀人的母亲，这样你就可以随便反抗她……”

我已经听到了我想要的。有意思的是，我并不惊讶。不知为什么，我已经知道事实了。而且我注意到，我的母亲，无论高兴还是生气都没法叫出我的名字。他们说是父亲为我选了雨薇娅这个名字，我觉得它很美。父亲总是用这个名字叫我，有时候为了更亲密些，他会叫我雨儿，也就是很轻柔的小雨，用这个小名代替雨薇娅。而母亲永远叫我安珀尔，她说是一样的，可是我实在没看出任何联系。母亲说她不喜欢念雨薇娅这个词，因为会让她想起和父亲住在维查潘的时候，那时候他们刚刚结婚，几乎每天都在下雨[①]……

对了……我刚刚碰见了一件有意思的事。雷耶斯在教我们摩尔斯电码的时候，为了让我们更好地理解电报机的运转，还给我们上了一节关于电的原理的基本课程。他让我们简单地记住，电流就是两种不同性质的物体摩擦时产生的流动，有导电的材料，也有绝缘的材料。水是导体。我的名字“雨薇娅”是一种良导体；然而，我却无法与母亲进行良好的沟通，因为她不叫我这个名字！每次她都叫我“安珀尔”，那是一种绝缘材料[②]。神秘的是，母亲的那些话，并没有都被细雨隔绝在外，有时候也能在我的大脑中产生电流冲击。

我必须找到真正隔绝那些话的材料，不然我永远没法自由轻松地从她家走出来。不过眼下最要紧的是快点回到父亲身边。他的话语就是纯粹的炼金术，有天生的转化特质能点石成金，像电灯一样将黑暗变成光明。

---

① 雨薇娅(Lluvia) 这个名字在西语里的意思是“雨”。

② 安珀尔(Ámbar) 这个名字在西语里的意思是“琥珀”。

第八章

“孩子,外面在下雨吗?”

“没有,爸爸,是我正要把洛丽塔送的照片钉到墙上去。”

“哎呀,孩子!你觉得我会弄混锤子的声音和下雨的声音吗?我现在就剩下没聋啦……”

雨薇娅朝窗外看出去,发现确实开始下雨了,不过还是非常轻盈的小雨点,几乎没有声音。

“是在下雨……你怎么知道的?”

“因为我看得见雨滴。”

雨薇娅被爸爸的俏皮话逗笑了,她知道他的眼睛看不见。

“说真的,你怎么知道的?”

“很简单,只要听见雨就行了。”

“听见雨？太厉害了！我根本听不见那样的声音，暴雨的声音当然可以，但是这种小雨点？永远听不到！”

“那是因为你没去尝试，假如你努力去听，慢慢地就能听见越来越多的东西。我最一开始是听自己身体的声音，然后是房子里的声音，接着是街区里的声音。就这样，一直到去听星星的声音。”

“啊，这样啊！”

“真的，雨薇娅，我不是在开玩笑。”

“那……你跟我说说此时此刻北极星在说什么。”

“现在？”

“是的。”

“哎呀，我听不见啊，因为你的锤子发出的噪音干扰了我们的交流。”

雨薇娅和父亲同时爆发出一阵大笑。对雨薇娅而言，自从可以翻译出父亲的电报信息以来，日子变得越来越愉快。她已经可以熟练地掌握电报机，不需要通过电脑程序就能听懂父亲的话了。

“不过为了让你知道我跟你说的不是谎话，我们来做一个实验。你想一个问题，然后集中精力想一颗星星，就像那颗星星真的在聆听你一样，这样你立刻就能收到回答。如果你什么都听不见，就由我来告诉你它的回答。”

“随便问什么问题？”

“对。”

“那我想我不用去问某颗星星，这张照片里妈妈怀着的是谁，也许最好你能直接回答。”

“哪张照片？”

“我正往墙上挂的这张。”

“那一定是拉米罗，你的哥哥。”

“他叫拉米罗？他怎么了？为什么从来没有人提到过他？”

“我们不提他吗？”

胡唯乐赶到家时正好听到小舅子胡安宣布，露恰生了一个男孩。胡安作为家里的医生接生了这个孩子。生产过程有点复杂，不过幸运的是一切都很顺利。胡唯乐走进卧室，跪在床边亲吻妻子的手。露恰把脸转向另一边。她不想看见他，她很生气。当时是凌晨四点，胡唯乐刚刚到家，而且看上去狼狈不堪。要知道，露恰生劳尔的时候，胡唯乐一分钟都没有离开过她身边；而这一次，她得一个人面对发生的一切，尽管母亲和哥哥都在旁边陪着，但还是不一样。胡唯乐请求她的原谅，而露恰唯一的回应就是掉下几滴泪来。最让她生气的是，如此一来她的家人一定都注意到胡唯乐正过着借酒消愁的生活。她一直十分注意不让家里人知道胡唯乐的境况，只是胡唯乐被解雇了的事实她没法掩盖。那件事闹得尽人皆知，影响很坏。露恰依靠当初力举她得到职位的那些介绍信才保住了在电报局的工作，不过心底里，她很清楚堂·佩德罗依旧想把她留在身边当秘书的原因。

要独自在电报局里工作，露恰觉得无依无靠，异常脆弱。尽管如此，她还是不想辞职。她觉得没必要。只差几个礼拜她就可以请产假了，生产之后还能享受三个月带薪休假，可以在家中与丈夫孩子相伴。眼下这是解决家里的经济问题最好的方法。她已经做好准备为家庭牺牲，指望胡唯乐能理解和支持她，但事实却远非如此。

那件事发生之后，胡唯乐的第一反应就是携妻子一起递交辞呈，但是露恰拒绝了，他也就没有别的选择，只能也留下来，在自己的职位上保护露恰，照顾露恰，让她不再被堂·佩德罗伤害，可是很快他就被解雇了。

对胡唯乐而言，之后的几个月简直是地狱。离职让他非常难过。堂·佩德罗这样绝对强势的欺压让他心里觉得很受伤。这是一种巨大的侮辱。尽管他能理解露恰想在自己的职位上再坚持几天熬到待产假开始，当时的情况还是让他很难承受。

胡唯乐觉得自己真不是个男人，要让妻子在外工作，而且是在堂·佩德罗这种变态身边！他无法阻止自己脑海里不停地冒出他们两人在一起的念头。嫉妒以一种特殊的方式折磨着他。他觉得自己最珍爱的宝物被抢走了。那感觉就像有人拔走了他的肺或者割了他的耳朵。不，更像是有人剥了他的皮，把他暴露在空气里，或者往他的大脑里灌满干冰。

他睡不着觉，吃不下饭，无法思考，一切都让他烦扰，让他发怒。他就像拿着一盏点着的喷灯在身体里横冲直撞，持续不断地从里面灼烧自己的皮肤。这种糟糕的景况一分一秒都不曾停息。他的脑海里仿佛有一张带划痕的碟片，反反复复播放着胡唯乐永远忘不掉的画面：堂·佩德罗抚摩着露恰的肚子。那个狗杂种！居然敢去碰胡唯乐心中最神圣的存在！那家伙居然把脏手放在他的妻子身上。**他的妻子！**堂·佩德罗亵渎了胡唯乐的圣殿，亵渎了他的女神，他一生的挚爱。他知道露恰是无辜的，可是他还是不能不对她生气。他不懂她怎么还能继续平静地工作。他对露恰、对堂·佩德罗、对整个世界都感到愤怒，他费尽心力不让家人注意到自己的异常。他努力装作和往常一样亲切愉快，可是，所有人都注意到，内心深处他再也不是从前的他了，连微笑都更像是咧着嘴哭泣。最开始几天，露恰去上班、劳尔去上学以后，胡唯乐就回到床上，妻子的体温和香气尚存，他不能再想堂·佩德罗的事，不然一定会发疯，他试着逼自己想别的事，试着去听《南方歌手》，XEW 电台里他最喜欢的节目，可是他听不进去。音乐，曾经给他的生命带来那么多欢乐的音乐，现在也令他不安，总会让他想起那个曾经梦想做歌手的自己。所以他宁愿关掉收音机，用别的活动分散注意力。

露恰和劳尔都不在家的时候，一切回归安静与孤独。胡唯乐慢慢在家里晃荡一圈，然后出门去报亭买报纸，再回到家坐在客厅里看报纸。尽管客厅与饭厅在走廊两端的尽头，胡唯乐还是能清楚地听见饭厅墙上的挂钟走针的声音。胡唯乐没法不去听那声音，没法不去想象每一刻办公室里正在发生什么。每隔十五分钟，挂钟都会敲响一种不同的旋律，每到整点则会敲响浑厚有力的钟声。

胡唯乐毫不费力地就听过了 9 点、10 点、12 点的钟声，想象着电报局里一如往常的生活在怎样继续。他太清楚露恰什么时候会去洗手间，丘乔什么时候会开始看报纸，雷耶斯什么时候会站起身来泡杯咖啡，或者洛丽塔什么时候会给鼻子扑粉。

当他想到堂·佩德罗会在做什么的时候，一切都变得很糟。他的思绪立刻被那些他尽力逃避的想法勾住，折磨又开始了。他不停地想象着堂·佩德罗打开办公室门，让露恰进去听记一封信。然后，他想象着露恰如何从座位上站起身来，托着怀孕的肚子，忍受堂·佩德罗好色地盯着她的臀部的眼神。最后他想象着堂·佩德罗在关上办公室门之前嘴角残忍而病态的笑意,而自己,离得这么远,什么都无法阻止。胡唯乐被这种看不见也听不见露恰的景况折磨得发疯,无能为力的感觉更是让他怒火中烧。

再没有比让他干坐在一张椅子上更大的惩罚。他什么都做不了。他只是个纯粹的旁观者。嫉妒让他无法看清现实:他的眼前挂着透光的幕布,就像皮影戏里那样,这层幕布搅乱了他的视线,让他看见的尽是可怖的、巨大的、不可战胜的妖魔鬼怪。很显然,屏幕另一边的光是这些影子的来源,光能把任何一只手变成鳄鱼。而胡唯乐看不到太阳何时才会重新出现,看不到自己何时才能摆脱嫉妒,看不到他的生命中何时才能重新有光。光!他的光!他的露丝[①]·玛利亚!对胡唯乐而言,与露恰的相识相爱完全改变了他的生活,就像人类生活因为电灯的光芒而发生变革。

能把夜晚变成白天是这个世纪最伟大的事件之一。从此,一系列电器改变了大城市居民的生活方式。

收音机的到来为墨西哥家庭增添了新成员。比如,胡唯乐的小家是由胡唯乐、露恰、劳尔、奥古斯丁·拉腊和古

① 露丝这个名字在西语里就是"光"的意思。

蒂·卡尔德纳斯[1]组成的。没有电的时候，这个家就分开了，只剩下胡唯乐、露恰和劳尔。而当妻儿也都不在家的时候，天色一暗胡唯乐的感觉就更糟，安静和孤独也变得无法承受。

然而，比起这孤独的境地，比起自己不能养家、妻子不得不继续和堂·佩德罗一起工作，最让胡唯乐感到难以忍受的还是露恰装作什么都没发生，装作自己没有被堂·佩德罗摸过胸的样子；面对那件事的后续——作为回应，胡唯乐胆大包天地揍了他，为了报复那一拳，堂·佩德罗辞退了胡唯乐，而现在，没了胡唯乐的阻碍，堂·佩德罗可以把全部时间都花在用目光侵犯她上——露恰摆出一张严肃的脸，装出一种并不存在的“正常”感，这让胡唯乐觉得她应该受到谴责。露恰成了逍遥法外之罪犯的帮凶。看着妻子和电报局的其他同事为了保住饭碗沉默地忍受各种形式的不公平，胡唯乐觉得很苦恼。这算什么？难道真的没有别的方式可以既谋生而又不失去尊严？

他们难道看不到堂·佩德罗假如没有了金钱和地位就什么都不是？他们难道没看到他滚下楼梯的时候就像个打好的大包袱？胡唯乐无法理解为什么他们必须随波逐流、委曲求全，为什么他们要任凭一个如此腐化的家伙让他们的生活充满恐惧。

---

① 拉腊和卡尔德纳斯都是墨西哥二十世纪初崭露头角的著名歌手。

在这样的时刻，他多想念他的祖母啊！伊策尔素来以保持清醒而善于解析的头脑著称，她是永不疲倦的社会斗士。如果她还活着，现在一定已经去电报局里组织起义，把每个人都安排在合适的位置上了。

胡唯乐问自己，假如伊策尔看到她曾经那样惧怕的科技发展如今已进入千家万户的生活中心，假如她知道几乎每家每户都有收音机和电话，假如她知道登记电视的工作刚刚完成，人们已经开始争先恐后地想拥有一台这样的电器好看看远方的事情，她会说什么呢。

除了印证自己当年的恐惧完全有道理，科技发展并非人们想象的那么无害之外，她一定会注意到，最关键的危险在于电台的主人决定了电台听众应该听到什么，电视台的主人决定了应该传送什么画面。这种对沟通的控制意味着对信息自私的管理，接下来就会出现对大众观点的管理。

并不是说胡唯乐想把自己撇清成圣人。他曾经就是以修改信息为生的，但是必须强调的是，他做那些事的唯一目的是改善人们之间的关系。而很多人则恰恰相反，尽管他们确实把时间和精力投在将相距甚远的人群联系起来，却带着明确的经济利益，一切都称斤论两，可以随意摆布和剥削、贿赂和交易。

胡唯乐能清楚地想象祖母会说什么。她会把卷烟从嘴里拿出来，劈头盖脸地问他：

“胡唯乐,你怎么回事?你怎么能容忍那么一个完全不把通讯交流当回事的男人当电报局局长?怎么我一死所有事情都跟着死了!当我们这些为了留下一个更好的墨西哥而发起革命的人都已经入土慢慢腐烂,怎么能让那些机会主义者趁机从我们的斗争中获利?你怎么能允许这一切发生?你还是不是个男人?你怎么能让堂·佩德罗这种毫无纲常肆无忌惮的人待在露恰身边,而你却在公园的一条板凳上长吁短叹,哀嚎自己的痛苦?不要犯懒了!起来,去做点什么!”

可是他能做什么呢?他能强迫露恰辞职吗?首先,她不是需要别人告诉她该做什么的小姑娘了,其次,现在的情况下他完全养不起她。假如他不是当了电报员,可能会像哥哥们那样学当律师或者医生,那样他就不会沦落到现在这种悲惨境地了。他觉得自己是个失败者。祸不单行,随着电台通讯的到来,电报员的总行情在衰退,想找新工作并不容易。胡唯乐太想把露恰从那份工作中解救出来了,但是他看不出怎么才能做到、什么时候才能做到。所以,他必须承认,家里需要露恰的收入,这让他觉得自己很没用。

好在他还有每天下午在墨西哥航空公司的工作,这多少减轻了一点他的挫败感。不然,那种感觉将不断切割着他的血管。

有一个确定的位置给他吗?有一个位置等待着他吗?

这是宇宙秩序的一部分吗？在他亲爱的科洛尼亚区，万事万物都与神圣的自然秩序保持着更加和谐的关系。虔诚的女信徒每日在同样的时间走进教堂。地理博物馆的大钟准点敲响时间。“玫瑰”面包房的小甜糕每天早上七点和下午一点准时出炉。无论打雷下雨，阿特尔医生都一如既往地出来散步。女人们把小桶里装的水倒在街上，在孩子们上学之前细致地扫着地。磨刀匠总是在同一时间把自行车停在同一个角落。所有人以及他们的生活，都踩着事先固定好的节奏延续下去。

胡唯乐扪心自问，一个人能把这种秩序打破到何种程度，这样的有条不紊能被破坏到何种程度。普通如他的一介凡人又能把每件事发生的节奏改变到何种程度。他的命运已经被决定了吗？还能修改吗？

胡唯乐一辈子只会做两件事：一是与别人交流沟通，二是爱露恰。他不会也不想做别的事。从小他就下定决心要让自己的朋友心情变好，要改善他们之间的人际关系，这是生命中给他带来最大快乐的事。毫不谦虚地说，他觉得自己做得很好。这种自信不仅来自与他人交流的成效，也来自对露恰的爱。从第一天见到她起，胡唯乐就用全部的灵魂渴望与她厮守终生，希望她是自己死前看见的最后一个人。这是他的心愿；然而，生产、工业和科技的力量都仿佛在与他作对，他的计划遭到了显而易见的失败打击。

平生第二次,他感觉到失去方向,遭受挫败,与自然失去了联系。

巧合的是,又是堂·佩德罗搅进了他的生活。胡唯乐对他恨之入骨,如果此刻堂·佩德罗出现,胡唯乐一定会揍他揍到自己筋疲力尽,他会踢他的睾丸踢到它们彻底失去功能,他要把煮沸的橄榄油泼向他的眼睛,让他再不敢向露恰或者任何其他女人投去猥亵的目光。

还有他的手!那双胆敢触碰露恰的手,那双掠夺过农民的手,那双滥杀过无辜的手,那双签给他的辞退信的手…… 他真想把那双手割下来填满碎纸屑然后在上面浇上柠檬汁和辣椒水——连墨西哥独立战争时期的亲西班牙分子也不会这么做的。那个猪一样的堂·佩德罗现在一定在幻想着露恰的乳房自慰。胡唯乐太了解堂·佩德罗了,他蹭到露恰胸部的那一刻一定死也想摸到她整个乳房,将它从胸罩里拿出来放进自己嘴里。胡唯乐怎么能不知道呢!多年以前,当露恰抓起他的手放在自己胸上直白地邀请他抚摩的时候,他差点死于脑血栓。第一次的经历总是难忘,胡唯乐至今历历在目,何况少女时期的柔软温存和她如今怀孕时的圆润丰满尚不可同日而语。

在一起的每一天,胡唯乐都更加愉悦地抚摩着她。他觉得自己能在露恰的怀抱里找到爱简直是三生有幸。在她那里他学会了亲吻,学会了爱抚,学会了呻吟,学会了深入。

他们共同慢慢发掘着取悦对方的最佳方式。对胡唯乐而言，手是他最重要的性器官。他可以用手极大程度地给出和接受欢愉。阴茎只能从身体里面爱抚阴道，而手则可以抚摩露恰的全身。胡唯乐能清楚地辨识出妻子的敏感区。他知道应该在哪里、怎样滑过手指和手掌。最敏感的点他都记录在案，其中，她的胸部占据了主导地位。胡唯乐知道她哪边的乳头更敏感，知道怎样抚摩不会弄疼她，甚至知道怎样吮吸和轻咬而不会弄伤她细嫩的皮肤。

突然，他觉得头被砸了一下。一个皮球从天而降，吓了他一跳。在公园里踢球的孩子们的笑声让他失了神。胡唯乐把球还给他们，微笑了一下。在那一刻，他突然觉得自己在应该工作的时候坐在公园里、还在这些单纯的孩子们面前想着露恰的乳头十分罪恶。他试着将精力集中在手头的纵横填字游戏上，假装自己在做点什么，而不是盯着肚脐无所事事。他不想让别人觉得自己是个蠢货，因为人们通常都用工作来衡量一个人，以一个人能挣多少钱来估量他的价值——无论从哪个角度，胡唯乐都觉得自己是个无名小卒。

这时，一个脏兮兮、走路磕磕撞撞的人在胡唯乐的这张长凳上坐下了，他不得不停下手头的活动。来人是丘埃科·洛佩斯。他醉得一塌糊涂，花了点时间才认出胡唯乐，不过等他认出来以后就狠狠地拥抱了胡唯乐，在他肩头哭起来。他喊胡唯乐“灵魂兄弟”,请他去酒吧喝一杯。胡唯乐对于和丘埃科一起打发时间并不觉得有趣,只是既然他没什么更好的事可做,就索性接受了邀约。当然丘埃科·洛佩斯完全付不起酒钱,最终请客的还是胡唯乐,不过这并不重要,重要的是胡唯乐发现了酒精是绝妙的麻醉剂。

有好一阵子,他都感觉不到任何痛苦。他很多天都没有这么笑过了。他忘了露恰和她的乳头,忘了堂·佩德罗和他伸长的手,也忘了自己处在半失业状态的现实。

无须多说,从那天起,他就成了酒吧的常客。在数杯下肚之后,他看待生活的眼光都变了。他会讲笑话,且慷慨大方,总能逗得其他老顾客哈哈大笑。

胡唯乐的生活迅速发生了变化。他不再发疯似的找工作。在酒吧里,他觉得自己没有那么一无是处。很快他成了好几个醉汉的密友,由此找到了打发早上时间的理想场所。每天把劳尔送去学校之后,他就立刻去那家酒吧。他总能在那里找到愿意让他说了算的人,找到乐意听他讲趣闻轶事的人,找到可以一起为女人干杯的人。他抽烟也越来越凶,一天能抽掉三包。

等到地理博物馆的大钟敲响,到了该去接孩子的时间,胡唯乐就离开酒吧,去把孩子接到岳父岳母家。然后他从那里坐车去机场,按时到达完成电台操作员的工作。尽管身上总是带着烟酒的味道,他的心情却非常好。工作完成之后他回到家，和露恰一起躺在床上。他拥着她的身体，手放在她隆起的肚子上，体会着尚未出世的宝宝的心跳，一切又都有了意义。

他的日常生活节奏开始慢慢改变。所谓的开始，是他不再像之前那样起床——洗澡——准备去酒吧，而是更愿意穿着睡衣裤待在床上。后来，这种改变发展为他不想剃胡子，不想去墨西哥航空公司上班。

任何现代心理咨询师都能诊断出这是重度抑郁症，然而露恰并不是心理咨询师，所以她忍无可忍，终于爆发了。这么长时间以来她一直装作什么都没有发生，可是一切确实发生了！她必须去办公室上班，必须以坚决但不失礼貌的方式拒绝堂·佩德罗的调情，还不能惹他动怒。她必须忍受胡唯乐身上散发出的酒气，尽管这让她恶心，因为她想感觉到他在身边。她必须得吃饭，尽管她不饿，因为肚子里还有孩子。孩子不应该为任何这些事情负责。露恰向上帝祈祷孩子健康，不要感觉到堂·佩德罗的手摸过他。她必须吞咽下内心深处的所有想法。她在下班疲倦地回家之后，还必须铺床、洗杯子、为劳尔准备晚餐，在他睡觉前陪他玩一会。她必须忍住不要抗议胡唯乐在家里不帮任何忙，因为她知道丈夫正在经历十分痛苦的时期。可是她再也忍不了了！

如果胡唯乐以为闭上嘴巴、不发一言很简单，他就大错特错了。在这样的不公正面前，露恰再也无法继续保持沉默。她无法忍受丈夫的疏远。她想念像从前那样做爱，现在因为她即将临盆，他们已经不能那样做了。可是这时候，胡唯乐连班都不想去上了。他想得多简单啊！

他们争吵了好一阵子，露恰爆发出了全部的怒火，如此强大的怒气比一个疗程的心理治疗还管用。第二天胡唯乐就回去上班了，不过早上还是先去了酒吧，说是为了让自己“清醒一点”。绝望的露恰发现，她再不能指望胡唯乐什么了，她只有自己。

好在，很快，她一直企盼的待产假终于到来。露恰离开了工作岗位，她和胡唯乐之间的问题也随之消失了。

自从又能看到、听到、碰到妻子以后，胡唯乐的全部痛苦都烟消云散。只要露恰在家，一切就都恢复了正常。比起去酒吧，胡唯乐当然更愿意和妻子待在一起。他在她身边度过了一段最美妙的时光。他们一起逛市场，一起做饭，一起洗澡，一起接劳尔放学，一起吃午饭，直到胡唯乐出发去机场上班。突然间，从电报局离职有了积极的意义。正因为如此，胡唯乐才空出了每天早上的时间，露恰和他才能重新建立起这种恋人一般的关系。不能说是情人，因为露恰高隆的肚子已经不允许她做任何大幅度的动作，可是这种恋爱关系比任何时候都好。尽管胡唯乐依旧没有找到工作，他们却过得齐心而幸福。

胡唯乐几乎忘了堂·佩德罗的存在。他的名字也不会在家里被提起。也许因为此，有一天当一通电话把他拉回现实时，他才会如此气恼。

当时胡唯乐刚去买了玉米饼回来。路过卧室的时候，他发现露恰坐在床边讲电话。露恰看上去很紧张。胡唯乐继续走自己的路以免显得不信任她，不过还是在听力允许的范围内留心地听着对话。他摆好桌子，劳尔洗好手，当露恰出现在饭厅的时候，胡唯乐已经知道打来电话的人是堂·佩德罗了。妻子的语调里有某样东西向他透露了这一切。他假装正常地问：

“谁来的电话？”

“堂·佩德罗。”

“他想干吗？”

“没什么。他就是想知道我怎么样，以及问我有没有想好请谁当孩子的教父。”

“你怎么回答的？他不会在想着当我们孩子的教父吧？”

“好像他是这么想的……”

“我希望你已经跟他说了他不能当我们孩子的教父。”

“我没有和他明说。我告诉他我们还没有决定,我们还在考虑,我得先和你商量。”

“这真是太过分了！我从没想到他居然这么无耻。怎么能发生这样的事！”

“平静一点,亲爱的,劳尔会听见的。”

“就让他听见！还有你,露恰,为什么你不拒绝他？难道你有兴趣让他当教父？”

“当然不是！我根本不想让他靠近我们的孩子,但是我也不想粗鲁地对待他……”

“是！当然不能！那位先生值得我们送上全部的尊敬！”

“也不是这样,胡唯乐,只是我不想和他把关系弄僵,毕竟他是我的上司,不是吗？几个月后我还得回到他身边工作,我希望一切都顺顺利利。”

“你用不着时刻提醒我不要忘记这个家里唯一有工作的人是你！”

“谁提醒你这个了？不要无中生有！”

“发生什么事了,妈妈？”

劳尔难过的脸阻止了父母继续争吵,但是他不能阻止的是,晚饭后胡唯乐就离开了家,直到凌晨 4 点才回来,那时劳尔的弟弟已经出生了。

家里的新成员拉米罗是个漂亮但是同样哭个不停的孩子。他没日没夜地哭,很快变成胡唯乐遇见过的最大挑战。通常情况下他能极好地解读任何孩子的哭声,但是对自己的这个孩子却完全手足无措。不过虽然他在解码拉米罗的哭喊声时遇到了很大困难,他依旧是唯一能让宝宝安静下来的人。当初胡唯乐和劳尔的相处可要容易得多。胡唯乐从来不用怀疑劳尔是不是要吃饭或者是不是需要给他换尿布。而与拉米罗的相处则简直无可救药。想听懂拉米罗的哭声比起接收一封俄语电报还费劲。要想基本理解拉米罗想要什么,胡唯乐必须忍受他哭上半个多小时。说起来时间不长,但是所有听过婴儿全力大哭的人都明白我们在说什么。

露恰几乎被这个孩子折腾疯了,所以她很感激胡唯乐全心全力地照顾他。一开始,她以为这是丈夫想与自己和好的表示,是他对没能陪她生产的道歉,但是很快她发现丈夫是真的对这个新生儿充满兴趣。其实,胡唯乐希望能与拉米罗建立像他和劳尔那样的关系。他温柔亲密地给拉米罗唱歌,怀抱着他,哄他睡觉,可是大多数时候拉米罗都继续着无休无止的哭泣。拉米罗来到这个世界的时候并没附上说明书,所以胡唯乐必须跟随直觉的指引,参照之前当父亲的经验摸索下去。

为了知道该对这孩子做什么，不能对他做什么，胡唯乐采用的是古老的“试一试，碰对错”的方法。在得出结论之前，全家人都开始围绕拉米罗的声音节奏生活。新生儿得到了家庭生活的最高统治权。拉米罗睡着的时候，所有人都抓住机会赶紧休息，等他醒过来了，所有人都得跟着他起床。想继续睡觉完全不可能，拉米罗的哭声达到的分贝实在令人难以忍受，甚至引起过邻居的抱怨。邻居们问他们，孩子是不是没吃饱或者身体不舒服。可是拉米罗看上去视觉听觉都没问题。发声能力就不用说了！他的移动和反应完全符合同龄孩子的发展水平。大小便也都正常。没有什么迹象表明他存在身体方面的某种不平衡。不，他有别的问题，但连胡唯乐也不能理解那是什么。

终于有一天，在研究了孩子对各种刺激的回应之后，胡唯乐恍然大悟，原来让拉米罗焦躁不安的是酒味。

这个幸福的启示出现在一个周日的下午，小舅子胡安前来拜访。胡唯乐抱着拉米罗，孩子看上去没什么不舒服的地方，但是当胡唯乐决定去陪胡安喝几杯龙舌兰酒的时候，怀里的孩子突然大发雷霆：手脚胡乱拍打，如同遭到了什么怪兽的袭击。这个孩子好像知道父亲没能迎接他来到人世是因为喝酒，又好像是在担心喝酒最终会分开他们。

经过这次伟大的发现，胡唯乐知道孩子不喜欢酒味，就完全戒酒了。这样一来,家庭生活重新正常了一段时间。拉米罗开始微笑,开始逗全家人高兴。那几个月过得太幸福了,以至于露恰该回去上班的时候,大家都感到很气恼。好在胡唯乐依旧是半失业状态,露恰才能安心去上班。每天下午胡唯乐去机场上班的时候,劳尔和拉米罗就都留在露恰的父母家,等到露恰下班之后把他们接回家。尽管日常生活节奏有所改变,他们还是享受了一段时间的平静,直到那场悲剧事件的到来彻底改变了拉米罗诞生以后这个家庭的生活。

胡唯乐在墨西哥航空公司的工作包括通过电台与飞行员联系,给他们关于天气、起飞降落的跑道等信息和指示,同时他也从飞行员那里接收关于他们所处位置的信息。

有一天,他正在和一位与自己私交很好的飞行员说话,通话突然中断了。那架飞机刚刚起飞,胡唯乐试图跟进,与他取得联系,但是始终没有成功。

几秒钟之后飞机爆炸了,死了很多人,包括那位飞行员。胡唯乐被这场悲剧击垮了,他觉得是自己的错;其实这完全与他无关,罪魁祸首是太阳黑子。

那天回到家，他发现露恰已经睡熟了。尽管他很想和她说说白天的恐怖经历，却不忍心叫醒她。那一整晚他都不能入睡，第二天早上也没有找到机会和露恰说话。他的妻子得沐浴更衣、给拉米罗喂奶、为劳尔准备早餐。而胡唯乐则要忙着给拉米罗换尿布，把尿布放在小桶里泡上肥皂水，然后洗早饭用的盘子。无论怎样尝试，两人都没能找到一个时间可以凑在一起说话。等到露恰和劳尔去上班上学、拉米罗继续睡觉以后，胡唯乐又想起了十几个小时前发生的事情，情绪很低落。他请了病假。他没法在这种状况下去上班。他需要跟什么人说说话，把心上的担子卸下来，不过在去酒吧之前，他决定等几个小时，先找姐姐下午来照顾孩子，他自己好去接露恰下班、带她去吃饭。他的姐姐莱蒂西亚毫不意外，因为那天是露恰的生日，她觉得胡唯乐想带她去庆祝很正常。

电报局里的同事也都知道那天是露恰的生日，不过他们都假装不记得，想在快下班的时候给露恰一个惊喜。

堂·佩德罗选择了一种传统的庆祝方式。他一大早就打电话给露恰请她帮一个很特殊的忙。他说他想给一位伟大的女士买礼物，想听听别人的购买建议，露恰素来以绝佳的穿衣品位闻名，所以他觉得她是最合适的人选，想请她午休时陪他去白铁广场选礼物。

露恰没花多少工夫就选中了一条丝巾。她觉得这是最精美优雅的礼物。堂·佩德罗让店员把丝巾作为礼物包装起来。前后没花多少时间,堂·佩德罗和露恰随即往电报局走,过马路前堂·佩德罗抓住露恰的胳膊,恰在此时,胡唯乐从街角转过来,正好看见这两人有说有笑的样子。他还看见堂·佩德罗手上拿着一个包装成礼物的盒子,上面装饰着一个很大的红色蝴蝶结。

胡唯乐没有跟着他们走进电报局,而是转了一个小弯多走了一段路好让自己平静下来。他不想在全体同事面前制造出什么大场面。可是这段路完全没起作用。几分钟之后当他在电报局找到妻子时,发现她正在试一条丝巾,而桌上放着他刚刚在堂·佩德罗手中看到的礼物盒子。胡唯乐的整个灵魂都被愤怒占据了。

胡唯乐努力装出平静的样子,问露恰这是谁送的礼物,露恰为了不让他生气,说是洛丽塔。她觉得没必要告诉他这是堂·佩德罗送的礼物,更不想提醒他今天是自己的生日他却不记得,至少是还没有祝福她。胡唯乐的确完全忘记了。经历了此前一晚的彻夜未眠和磨人的负罪感,谁还能记得呢！而且就算他是记得的，最多也只会为他亲爱的妻子买一束花——他不会送给她非常昂贵的礼物。他对这种表达爱的方式没兴趣，而堂·佩德罗却深谙此道。露恰从小就习惯在生日收到礼物，面对堂·佩德罗把她在不知情之下自己挑选的礼物送给她，自然觉得很受用。

在胡唯乐看来，这是堂·佩德罗又开始向自己的妻子求爱的第一个信号，但是让他担心的是，妻子这一次显得很高兴，不然她为什么要对自己隐瞒堂·佩德罗送她礼物的事实呢？

胡唯乐没能辨别出妻子的快乐是因为他本人出现在了电报局，而不是因为收到那条丝巾。胡唯乐的心思接收器好像遭到了损坏。他的大脑弄混了各种符号，混杂着从外界接收到的密码，将它们变成无法解码的乱麻。通常情况下，胡唯乐的大脑以非常明智的方式运转，能够理解为什么人们习惯于用“我恨你”来表达“我爱你”，反之亦然。可是那天，他错误理解了露恰传递给他的信息。对他而言，妻子就像一台“谜团”机①——那是二战时期德国人用密码发送信息的理想设备。

① “谜团”：第二次世界大战时期德军以摩尔斯码传送情报和信息时，先用一种称作“谜团”的加密器加密，接收方又由同样的“谜团”解密。

在战争年代，电台是一种基本的战争武器。指挥部通过电台发信号给前线部队，但是这样可能会被敌方阵营轻易破译，只要用与对方相同频率共振的设备就能截获电报。

忠实遵守严格军纪的德军习惯在同样的时间发送信息，盟军利用这一点建立起与电台信号之间的连接，这样一来就能听到德军的信息。为了避免这一情况的发生，德军发明了一种密码机，把一个字母换成另一个字母。这种密码机用的是普通的打字机，但是每按下一个字母，都会在26个滚筒的帮助下被替换成另一个字母，有成千上万种组合方式。要想解码这样的密码信息，必须知道信息开始发送时滚筒的转子在什么位置，而在实际操作中这是不可能实现的[①]。

在几位著名的数学家[②]的合作下，盟军制造出了一种与德军的“谜团”类似的机器，方能解码德军的加密信息。这项艰难而卓越的工作以特定字母的重复次数为线索，终于发明出了一种高速加密和解密的电子设备。战争结束后，这项花费了大量时间的工作成果，使此后现代计算机的高

---

① 当且仅当发送端和接收端的“谜团”机拥有同样的初始设定(同样的接线板、同样的转子排列、同样的转子初始位置)，密码才能被还原。而对于不知道初始设定的敌方，他们面对的可能情况多达10^{114}种。

② 领军人物就是现代计算机之父艾伦·图灵。

速发展成为可能。

其实,将胡唯乐的大脑比作一台复杂的密码机毫不为过,只是现在他运转不灵了,所以会译错信息。妻子是因为看见他而高兴,并不是因为拥有那条丝巾。二者间的差别是巨大的,而他没有将妻子的心思翻译对。究其原因,这是他生命中第二次遇见太阳黑子活跃期,这种现象干扰了所有的电报通讯系统。而胡唯乐,无论是个人生活还是职业生涯,都因为这次天象之变而承受了灾难性的后果。

好在露恰对于丈夫的突然造访反应太过热情,胡唯乐的嫉妒完全没有造成任何影响。她不停地亲吻拥抱他,并用坚定的开场白弥补了丈夫的记忆缺失:

“我就知道你不会忘了我的生日。”

胡唯乐立刻反应过来。他怎么能忘了这个日子!打从露恰十三岁开始,他们每年都一起庆祝她的生日,所以尽管那天他并没有庆祝的心情,还是努力把自己的嫉妒和烦恼搁置在一边,尽职尽责地陪妻子过生日。他请她去塔古巴咖啡厅吃晚饭,而这个地点成了异常强劲的催情药。

塔古巴咖啡厅在他们的感情故事中占有一席之地。比如,胡唯乐是在那里向露恰求婚的,露恰是在那里向胡唯乐宣布他要第二次当父亲了。坐在同一张桌子前、接受来自同一位侍者的服务,胡唯乐慢慢放松下来,这对他恢复惯常的心情起到了决定性的作用。在餐桌上,胡唯乐告诉了露恰前一夜的恐怖经历,从妻子那里,他感受到了自己所期待和需要的全部支持与理解。牵起露恰的手,就像一道光芒照进他的大脑,点亮灵魂里的黑暗。

爱的能量渐渐在两人周围环绕,他们匆匆结束晚餐回到家里,亟需把自己交付给爱的欢愉。作为生日礼物,胡唯乐送给了露恰一生中从没有过、以后也再没有过的完美一夜。那是充满魔力的一夜。他们从没那样做过爱。

露恰和胡唯乐浑身酸痛地醒来,不过尽管几乎彻夜未眠,两人都仿佛重获新生。露恰急急忙忙选好要穿的衣服去上班。她一如既往地格外注意选择不惹眼的衣服,尽量多遮住自己的身体,以抵挡上司猥亵的目光。她在丈夫的唇上深深地长吻,然后小跑着去上班,劳尔和拉米罗则留给胡唯乐去操心。

那刻以后,一系列事件的发生用惊人的速度载着他们一路从光明坠入地狱。

胡唯乐已经连续两个晚上没睡觉了:第一天是因为空难,第二天是因为爱。不过后者为他提供了足够的能量,让他能从筋疲力尽中复原,比任何其他一天都更加投入地工作。他那天的工作量太大,直到夜深打开家门的瞬间才重新感觉到疲倦。

他期望能看见露恰,可是很奇怪,她不在家。等待他的是露恰的母亲,老人家解释说露恰从办公室打来电话说没法去接孩子,请她帮忙把孩子接回家来,并告诉胡唯乐自己可能会回家很晚,因为局里出了急事。胡唯乐觉得这很奇怪。他怎么也想不出电报局能出什么急事。他谢过岳母,劳烦她照顾孩子,自己随即承担起了这项职责。把孩子们都哄睡着以后,他在床上躺下,打开收音机。《蓝色时刻》节目已经开始了。奥古斯丁·拉腊的声音淹没了整间卧室:

我生命的太阳
我眼中的光
感受到我的双手怎样滑过你光滑的皮肤
我可怜的双手,燃烧的翅膀
钉死在你的脚下

胡唯乐的眼前立刻浮现出露恰被钉在床上的样子。他想象着和前晚一样欲火焚身、热烈奔放、翻云覆雨的爱。想起露恰完全沉溺在恍惚中的目光,胡唯乐觉得浑身发热。他拥有的是怎样的女人啊!

她现在在哪里呢?为什么不打电话回来?他真的很担心。这时电话响了。是胡唯乐的岳母,她也很不安,女儿从来没有做过这样的事。胡唯乐为了安抚她,就说露恰已经到家了,正在给拉米罗喂奶。胡唯乐说这些话的确是想让岳母安心,也是为了避免她再打过来,因为电话铃声让他已经揪得很紧的心更加焦虑。他仔细去听电台的节目想忘记所有负面的想法,为了容易集中注意力,他闭上了眼睛。

告诉我你的玫瑰为我而开
给我涂抹希望的笑颜
告诉我我没有求你
给我灵魂的静谧
来吧,我会用月亮粉刷我的小屋
我会数着小时在夜晚等待
想想吧,女人,我真的爱你,
想想吧,好好想想吧……

此时无法停止想念露恰的却是胡唯乐自己。音乐只是他重温前夜的借口,他们做爱的背景音乐正是这段旋律。

露恰!她也在想他吗?他试图不去设想最坏的情况,却没法做到。可是她不和他联系,这让他心生怀疑。胡唯乐觉得能解释她不来电话的理由,要不就是她出了意外……要不就是堂·佩德罗约她出去了。

胡唯乐很紧张。为了平抚一下神经,他先去找烟,烟都抽完以后就开始喝酒,不走运的是拉米罗恰好在这个时候醒了。到拉米罗吃奶的时间了,可是他的母亲却没回来。胡唯乐想给拉米罗喝冰箱里拿出来的瓶装奶,在加热牛奶的过程中,他抱着拉米罗以免他的哭声吵醒劳尔。可是拉米罗一闻到父亲身上散发出来的酒味,就爆发出尖锐的哭声,根本停不下来。胡唯乐不得不去喷须后水,漱口,嚼口香糖,又哄了拉米罗好几个小时才终于让他再次睡着。他把拉米罗放在摇篮里,自己也去床上躺下。酒精和积攒了两个通宵的疲倦开始起效,有那么几分钟胡唯乐完全睡死了过去。时间并不长,可是已经足够拉米罗又一次醒来,足够他拽过父亲给他盖的被子,足够他被这床被子闷死。

胡唯乐是在露恰的尖叫声中惊醒的。露恰刚刚到家,在去胡唯乐身边躺下之前,她去给拉米罗一个晚安吻,发现他死了。

胡唯乐的声音夹在席卷一切的混乱和露恰发出的怒号之间,他在问:

“怎么了?”

“拉米罗死了!”

胡唯乐什么都没听懂,他走近正在捶墙的妻子,想用手臂稳住她别让她伤到自己。露恰刚开始还任由丈夫抱着,但是尽管有须后水的遮掩,她还是闻到了酒精散发出的特有气味,她一把推开了他。

“你喝醉了吗?你喝醉了所以没听见孩子?”

露恰把所有的怒火都集中在胡唯乐身上,凶狠地捶打他。胡唯乐没有做出任何抵抗,他觉得自己活该如此,他甚至觉得自己应该受到更大的惩罚。他罪责深重。可是,这负罪感太过沉重,他终究承受不起,像重击之下的呕吐一样全部喷了出去。

“那你呢?你跑哪去了?你为什么没听见你的孩子?你像妓女一样出去鬼混了吗?”

露恰不哭了。她无法相信刚刚听到的话。胡唯乐不可能对她说出这样的话,在这样的时刻更不可能。她慢慢地松开他,走进浴室把自己反锁在里面。往浴室走的途中,她还带走了劳尔,他们的大儿子正揉着眼睛出来找父母。露恰把浴室的门栓挂上。她不想看见胡唯乐。她已经没必要向他解释,自己的晚归是因为堂·佩德罗强奸了洛丽塔。没必要解释自己得陪洛丽塔去看医生,等洛丽塔平静一点回家了,她才能离开。不仅如此,从那天起,她决定自己什么话都没必要再对胡唯乐说了。

拉米罗的死带给胡唯乐毁灭性的打击。没有听见儿子的声音,是他一生中能发生的最恐怖的事。

他,天赋异禀的他,从轰响到沉默,他能听见所有声音,却没听见刚刚发生的事。

他,以为安静不存在的他,聋了几分钟。

他,相信万物都在发出声响的他,无论周遭多么安静,他知道天空中总有跳动的心脏、有转动的星球、有呼吸的身体、有生长的植物,可是这一次,他什么都没听见!

他什么都没听见!

从很小的时候,胡唯乐就发现,他能听见的声音不是所有人都听得见,那些对大多数人而言无法捕捉的沙沙声、嗡嗡声、噼啪声,在他听来都是非常强烈的声音。

胡唯乐甚至能听见昆虫爬行时发出的声音。儿时大人们带他去海滩玩的时候,他曾经问祖母伊策尔:“你听见沙子怎么唱歌了吗?”他指的是小颗沙子被风托着移动时发出的声音。有时候巨大沙丘的“歌声”可能被人听到,海滩上的沙子从来做不到这一点,然而,对胡唯乐而言,沙滩鼓起风时的音调十分清晰。

毫无疑问,胡唯乐的听觉适于听见现代设备都无法捕捉的短频声音。这种能力时常带给他困扰,随着时间的推移,城市里逐渐充斥着汽车发动机的轰鸣声,这种独特的噪音搅得他心烦意乱,脑子里满是尖锐的嗞嗞声,有时候甚至让他头疼。可是,所有这些,有什么用?他的儿子死的时候他都没有听见他!

“爸爸,你听得见我吗?”

“他恐怕没在听。”

“你给了他什么镇定剂吗?”

“没有,我给了他止疼片,因为他说胃疼,然后他就睡着了……”

“爸爸,醒醒,小伙子,我妈妈来看你了……”

胡唯乐猛然睁开眼睛。他不敢相信自己的耳朵。露恰在这儿。他的心开始加速跳动,他的胃立刻颤抖着又疼起来。为了这一刻他已经等待了太多年。

雨薇娅也很惊讶。她曾在各种场合请求母亲来看看父亲,她总是一口回绝。而这一次,她事先没打招呼就出现了,这绝对是雨薇娅家的大事件。在雨薇娅的记忆里,父母从自己结婚那天起就再没有说过话,那是三十年前的事了。自她记事起,父母亲一直以极为疏离的方式相处,甚至睡在两间卧室。雨薇娅曾经问过父亲为什么他们不离婚,他回答说因为在他那个年代,离婚后男方永远不可能获得子女监护权,而他实在不想离开孩子们。尽管雨薇娅觉得这个理由并不充分,也没有再追问。

也许说来奇怪,但是雨薇娅觉得父母之所以能保持这种怪异的关系,是因为爱的力量潜藏在疏离的表象之下。无论如何,她都很感激能在父亲的陪伴下长大,虽然在外人看来她父母之间的关系完全是个谜。

父母上一次见面是在她的婚礼现场,而现在,他们要在她的家里重逢了,雨薇娅能做的只有为这次重逢祈福。

等母亲熟悉了父亲通过电脑"说话"的方式之后,雨薇娅对他们说:

"好了,我想你们有很多话要说。"

母亲回答说:

"的确如此。"

关上门之前,雨薇娅听到妈妈对爸爸说:

"胡唯乐,我讨厌恨你。"

第九章

露恰上班迟到了，但是她从没这样快乐过，完全不知道这会是她此生最后一个拥有纯粹快乐的日子。

从那天起，一切都将改变，不过当天早上的几个小时并没有显现出什么不同寻常之处。不仅如此，露恰眼前的整个世界都比往常更明亮了几分，光彩夺目，弥漫着玫瑰的色调。结婚十年，她依旧全身心地爱着胡唯乐。这是她没有想到的。更没想到的是自己竟然还能学到新的做爱姿势。胡唯乐的确是绝佳的性伴侣。前一天晚上他们发现的新姿势连《欲经》[①]里都没有出现过。通过这些姿势他们体验到美妙至极的多次高潮。结婚十年经济上的局促，有那样一个晚上也值了。胡唯乐和露恰的婚姻中尽管小摩擦不断，相爱状态却没有丝毫减少。哪怕胡唯乐最近对酒精的依赖

① 《欲经》，古印度一本关于性爱的经典书籍，成书时间约在一世纪到六世纪。

在两人间造成的阻隔看上去无可挽救,露恰仍旧相信酒只是过客,胡唯乐只是借酒消愁罢了,对一个像他那样的男人而言,不能养家一定备受煎熬。

有时候露恰甚至为自己过分要求他而感到愧疚。她唯愿胡唯乐能明白,自己不是因为金钱本身而对金钱感兴趣,而是因为有了钱才能为家人提供体面的生活。

不只露恰会质疑这样的做法是否正确,有时候,连洛丽塔都对她说,也许她对胡唯乐要求得太多了,觉得露恰在生活中渴求的目标太多。露恰没有误解洛丽塔的话,她知道洛丽塔这么说是出于亲密和坦诚。

洛丽塔是一个饱经风霜的女人,对生活已无任何渴望。她总是第一个来上班,最后一个离开。她沉默地完成自己的工作,从未不负责任地处事,也不会反叛社会传统。她谨慎细致,胆小怯生,一本正经,非常有教养。她太想让所有人都高兴,甚至从来不会做任何不合适的评论,因为害怕这会让别人不再爱她。

在洛丽塔很小的时候,她的父亲就抛弃了她和母亲,所以她没法再经受一次抛弃,为了避免这种被遗弃的感觉,她愿意做任何事情,甚至让人感觉像奴仆。然而,她急于得到认可的渴望只能让男人都逃得远远的。她从来没有过男朋友,总是爱上那些不爱自己的人。

露恰很喜欢也很尊敬洛丽塔,尽管她知道洛丽塔柏拉图式地爱着胡唯乐。她不会指责洛丽塔什么。胡唯乐是最可爱可敬的人。他们三人一起工作的时候,露恰总是很享受洛丽塔不时看向自己丈夫的目光,这从来没有让她恼怒过,恰恰相反,这让她很自豪。也正因为此,她没有误解这位亲爱的朋友全力维护胡唯乐的话,她知道洛丽塔是真的对她和胡唯乐眼下的景况表示担心。

露恰把洛丽塔视为自己可以信赖的人,感谢她如此真诚地为他们的问题担心。在两位女人的谈话中,洛丽塔唯一没能理解的就是露恰在家庭经济问题上的立场。露恰从父母那里接受过关于金钱和怎么花钱的教育。她清楚地知道钱可以用来买什么,在用钱的时候也毫不犹豫。这并不是说她是一个挥霍的购物狂,远非如此,不是这样。露恰知道钱很重要,比如可以给人安全感,让一个人可以在能够遮风避雨、抵御雷电和寒冷的房子里平静地生活。她最操心的事就是有没有足够的钱送孩子去好学校,她相信孩子们接受了越好的教育,将来结婚以后就越能为家人提供经济上的安全感。这正是为什么刚结婚的那几个月,她在与胡唯乐的婚姻中感觉那样不受保护。平生第一次她被暴露在自己的需求面前,这样的感觉让她恐惧。好在她很快得出结论,自己不可能再遇见一个比胡唯乐更勇敢的人,于是她出来工作、帮助丈夫养家糊口,以此来解决自己的经济拮据感。

自从她又开始工作以后，情况有了很大好转。她觉得自己的婚姻前所未有地稳固，而胡唯乐的情绪等他找到新的工作就一定会变好，露恰做好准备无论发生什么都全力帮助他，同时留心把自己挣的每一分钱都用在合适的地方。

正因如此，如果露恰买一样东西，她希望买到的是最好的，无论是从审美角度，还是经济角度。她深信便宜没好货。而且，她对美有一套自己的理论；她认为在一个干净、宜人、和睦的环境里生活能够提升精神。露恰踏进任何一家店铺，都能轻而易举地发现最有价值的商品。哪怕藏在很多其他物品里也逃不过她的眼睛。她总能探测到最美的衣服，不幸的是，那总是最贵的。在做了自己的计算之后，露恰不用犹豫多久就会买更贵的，因为她知道凭借自己的经济条件，首选一定是买质量最好的东西而不是买更便宜的，因为很多时候这种便宜衣服洗一次就掉色或者缩水了。

如果她走进一家家具店，发生的事也完全一样。她总是倾向于买更贵的家具，用最好的木头和面漆做成的家具。经验让她知道这样的家具才是最持久的，正如上等的酒对器官伤害最少。她有一双很刁的眼睛，看物识人都是如此。自从她第一次见到胡唯乐，就对他的人格品性与外在美都评价很高。他智慧、敏感，很有幽默感，举止得体，在床上富有激情，尊重人，有骑士精神，这个男人就是独一无二的！胡唯乐居然会忌妒堂·佩德罗，这简直让露恰发笑。露恰永远不可能看上那个无论社会阶层、精神还是外表都那么低劣的人。堂·佩德罗完全是胡唯乐的对立面,胡唯乐光彩照人、平和温柔、品位上佳,而堂·佩德罗阴沉、丑陋、面色不善、粗鲁、不尊重人、喜欢占小便宜、与人纠缠不清、不道德、粗俗,他好像完全不知道什么是良好的教养,更不知道什么是对待女性的合适举止,什么叫尊重女性。如果堂·佩德罗以为一条小丝巾就能买到她,他就完全想错了。露恰疯了才会为了一个这么不值得的家伙放弃胡唯乐和孩子们。堂·佩德罗不过是一个口袋里有钱的可怜傻瓜。如果生活中露恰唯一感兴趣的就是金钱,从她的上司那里早就可以得到,满载而归。但这不是她的人生目标。她的目标要高尚得多。她想在胡唯乐身边与他共度余生,就像从过去直到现在这样相爱,就像前一晚那样!想起胡唯乐和自己在床上做的一部分事让她脸红起来。

堂·佩德罗突然出现在她的写字台前,把她从幻想中拉回现实。堂·佩德罗觉得自己被冒犯了,因为前一天下午,露恰都没和他告别就离开了办公室,甚至脖子上还戴着那条他送的丝巾,那可花了他好大一笔钱啊!最让他心疼的是看见她望向丈夫时那饱含爱意的目光。他从来没能激发任何人用那种目光看过他，更别说是露恰这样的女人，他决意要不惜一切手段得到这个女人，连同那条丝巾一起收回本来。

堂·佩德罗觉得所有的女人都是忘恩负义的人，只想从男人身上拿钱，而他要教教她们该怎么对待和尊敬一个像他这样的男人。他已经受够了露恰摆脸色给他看，不想再等下去了。他很愤怒，决意不惜一切代价击败露恰对他的拒绝。她与他相处时冰冷的语调和刻意保持的距离让他愤怒到了极点。他把所有的办法都试遍了，依旧一无所获。为了和她上床，他决定改变战略。考虑到自己已经投入了很多钱，该是收回那些花、巧克力和丝巾钱的时候了。他对自己被忽略、被蔑视感到很厌烦，这一天他要用同样的蔑视惩罚她，却发现露恰根本没注意到。最气人的是，这个忘恩负义的女人居然还享受着上班迟到的奢侈。为了惩罚露恰，堂·佩德罗让她记录了无数的信件。直到几乎所有人都下班离开，电报局已经差不多没人了。

“您打完了吗？”

“快了。”

“哎呀，小露恰，昨天您都没跟我说再见，走得那么快。我本来想请您吃晚饭的。”

“非常感谢您的好意，但是您知道的，我已经结婚了，我去和我的丈夫一起庆祝生日了。”

“我希望他对您好。”

“是的,很好。”

“送了您什么礼物吗?”

“最好的礼物。”

“比我送您的丝巾还要好?”

“您知道吗,堂·佩德罗?请允许我说这是一个非常没有品德的问题,我建议您不要再问出这样的问题,如果您还想在社会上混的话。”

“您真以为自己是很美丽高傲的女人啊?”

“对,我就是。”

堂·佩德罗简直想给露恰几个耳光,把她看着自己时那蔑视而优越的目光打掉。而露恰想到的是辞职。她不想这样被刺扎着走路,以免耗损鞋子。不,先生!虽然她的经济状况依旧不牢固,她已经不在孕期了,可以很容易找到另一份工作,甚至一份工资更高的工作,还不用再忍受这种蠢货了。不过彼时彼刻,两人都没有按照自己那一刻的冲动行事。堂·佩德罗带着这种侮辱,转过身,走进自己的办公室之前从门口喊了一声:

“洛丽塔!请到我办公室来!”

露恰没有再继续打完面前的信件,而是开始打自己的辞职信。她去意已决,但是要按部就班地来做,而不是凭一时冲动。等辞职信打完,她将这封信放在抽屉里,拿起包,离开了电报局。

回家之前,她想带点塔古巴咖啡厅的面包给胡唯乐,让前一晚留在他们嘴里的好味道继续。买好面包她往自己的车子走去,刚走几步她想起来自己把车钥匙落在了办公桌上。露恰转身向电报局走去,脸上不自觉地漾起微笑,她喜欢这种像恋爱中的少女一样丢三落四的感觉。

走进电报局,她就发现那里已经空无一人,办公桌后都是空的,安静统治了整栋楼。露恰的脚步声在楼里回响着。堂·佩德罗办公室的灯依旧亮着。露恰踮着脚走路以免上司发现她。她不想单独遇见他。

露恰努力不发出声响,用指尖够到了车钥匙,这时她听见堂·佩德罗的办公室里传出女人啜泣的声音。她静了几秒钟确认自己没有听错,的确,那是一个女人的哭声。露恰鼓起勇气推开门,看见洛丽塔在墙角哭泣,蜷缩成胎儿的姿势。

露恰跑向她,惊悚地推断出发生了什么。洛丽塔的衣服被撕烂了,长筒袜上有血迹,洛丽塔受到了彻底的惊吓,一看见露恰就抱住她开始绝望地哀号。她告诉露恰堂·佩德罗强奸了自己,求她不要告诉任何人,如果有谁知道了自己一定会羞愧而死,尤其不要让胡唯乐知道。露恰尽全力安慰着她,想说服她无论如何应该去警察局报案起诉,可是洛丽塔坚决地拒绝了。她没法承受别人的闲言碎语。于是露恰开始试着说服她去看医生,得到了同样的回答。最后,过了好一段时间,洛丽塔终于同意去露恰当医生的哥哥胡安家里检查一下,条件是露恰一分钟都不要离开自己身边。

露恰兑现了自己的诺言,始终握着洛丽塔的手,帮她擦眼泪,直到她好好地躺在自己家床上。面对洛丽塔的母亲,露恰只是解释说洛丽塔遭遇了恐怖的抢劫,所以才回来这么晚,并且是这么一副样子。

露恰回到家的时候简直累得不行。看到洛丽塔经历这样悲惨的事让她受到很大冲击,万万没有想到家里还有更加恐怖的事情等待着她。

对露恰而言,拉米罗的死意味着一切的终结,所有她视为生命中最重要的东西全部终结了:她的家庭,她对胡唯乐的爱。

那个晚上,堂·佩德罗不仅夺去了洛丽塔的处女之身,也以同样的方式毁了露恰的家,他终结了露恰和胡唯乐彼此拥有的画面。胡唯乐怎么能怀疑她的诚实!露恰一直以为,如果说这世上有一个人能完美地了解她,那个人就是胡唯乐。如果说她曾经把所有的信任、所有的胆怯、所有的渴求、所有无名的欲望都交托在一个人手中,那个人就是胡唯乐。忽然之间,她发现十七年的相识相知什么都不是。胡唯乐用一句话就终结了全部。

他怎么能叫她妓女?他不认识她了吗?她这样把全部

的身心交给他换来了什么？

她觉得难以置信，她最信任的人，她以为没人比他更爱自己的人，居然正是摧毁了自己全部世界的人。她从没想过这个男人可能伤害自己、可能看轻自己。她一直以为他是唯一一个与众不同的男人，到头来，原来他和别的男人是一样的，这让露恰难以承受。露恰决定再也不允许他或者任何其他男人伤害自己。任何与男性有关的一切，她再也不想知道。

拉米罗下葬后的第二天，露恰就向胡唯乐提出了离婚。胡唯乐正因为儿子的事伤心欲绝，请露恰等自己几天再做决定，但是露恰不想听也不接受任何理由。她的心已经不在了，跟着拉米罗一起埋葬了。她觉得自己和堂·佩德罗一样被杀死了。

是的，就在那天，一条新闻占据了所有报纸的头版："同一把枪，他杀死了年轻的情人，而今被另一个情人杀死。"

说的是堂·佩德罗被一个神秘女人杀死的新闻。报道里这样写道：

他一生的主题就是争斗和女人。今天早上电报局

局长被发现死于加里巴尔迪广场的一家酒店，和他在一起的是他的轮值情人之一。一发来自44口径左轮手枪的子弹结果了他的性命。多年以前，他正是用同一把手枪杀了一个年轻的情人，却凭借金钱和势力逍遥法外。佩德罗·拉米雷斯的政治生涯毫无根基，开始于1926年反对宪法中有关宗教问题条款的战争，有传言称他当时在战争中倒卖军火。一生中他曾在公共政府管理机构中担任过数个职位，最显赫的是担任普埃布拉省的联邦议员。

根据初步调查，周五晚上佩德罗·拉米雷斯从电报局出来，在几个朋友的陪同下去了“黄雀”，位于加里巴尔迪广场的著名夜店，腰上挂着他从不离身的44口径左轮手枪，第二天凌晨正是这把手枪要了他的命。“黄雀”的服务生说堂·佩德罗是那里的常客，身旁总是陪着不同的女人。根据官方报道，当天深夜，佩德罗·拉米雷斯离开了夜店去旁边的酒店。有两个年轻女人陪着他，他准备和她们过夜。只走了几步有第三个女人加入进去。她和堂·佩德罗激烈地争吵起来，推搡中，手枪走火，杀死了佩德罗。那个神秘女人迅速从事发现场消失，没有人能具体描述出她的样子。再没有人看见她，唯一关于她的描述就是衣着非常体面。这为谋杀案留下了很多有待继续的调查方向。

一个孩子死去，留下了很多没有回答的问题，如今孩子的父母充满负罪感，问题就更多了。

如果我没有睡着会发生什么？我如果在家能救回我的孩子吗？如果我没喝酒我的儿子是不是会还活着？惩罚者上帝存在吗？我犯下什么罪孽要遭到如此报应？我有能力保护和照顾我的家人吗？怎样原谅这样的不小心？怎样克服这样的背叛感？

每个人心里都有自己的疑问，但可以确定的是，露恰和胡唯乐都觉得再也没法重建作为伴侣的信任感。那场悲剧终结了这种信任。他们甚至无法再直视对方的双眼。孩子的死带来的伤痛令人无法承受，而两人中只要任何一个出现，就会让对方想起他们死去的孩子。

有人以为，既然这么相爱就应该可以互相原谅，但是很多人都拒绝了坚守爱情，理由很简单，他们忘不了已经发生了的事。胡唯乐忘不了他该照顾好孩子的时候发生这样的惨剧，也忘不了恰恰是在同一个不祥之夜有一个穿着体面的女人冲动之下杀死了堂·佩德罗。露恰忘不了拉米罗是因为胡唯乐的不小心才死的，更忘不了这个“错误”是由酒精引起的。

要想原谅一个人，必须接受一切都已经无法改变的事实,然而负罪感的阻碍让两人谁都做不到接受事实。露恰觉得如果自己不是对胡唯乐要求那么高,他就不会觉得自己一无是处,就不会开始喝酒。拉米罗的死是因为胡唯乐睡着了,可是如果她也在家就会听见孩子的动静。

而胡唯乐那边,他想到如果自己有能力挣足够多的钱,露恰就根本不需要出去工作,不需要和堂·佩德罗有来往,就不会像他怀疑的那样落入堂·佩德罗的魔爪。

只有时间能慢慢抚慰他们的灵魂。要想慢慢复原,他们首先得理清心中的疑团,只是他们两人用了五十二年的时间 (阿兹特克历法里一整个太阳轮回) 才重新谈起那个晚上发生的一切,让所有的疑问都有了回答。而在当时,他们两人没有一个人的头脑是清醒的,所有的时间都用去尝试原谅那不可原谅的,想找到一点安慰,想从负罪感中解脱出来,想带着已经发生的恐怖记忆尽量健康地活下去。

所以,露恰又一次怀孕的消息让他们措手不及毫无准备,随之而来的是新的问题。他们正在办理离婚手续,胡唯乐觉得此时已经不适合再生一个孩子。而露恰提出了完全相反的观点。这个孩子代表一个理由。是一个活生生的记忆,记住他们之间有过爱情。这么多年的相伴值得她不惜一切代价、乘风破浪也要保住这个孩子。

露恰下定决心,肚子里的孩子是只属于她自己的。她不想和胡唯乐分享。她加倍努力想尽快离婚,甚至为此对抗自己的整个家庭,父母都劝她平静下来,而她只想肆意亲吻和拥抱这个即将到来的孩子,这是她生命中最美好一夜的结晶,就在拉米罗死去那日的前夜。

她觉得这次怀孕是生命还给了自己一样之前被残酷夺走的东西。她想这样理解这件事。她觉得这是好事,甚至值得感激诸神给予的帮助,比如,把堂·佩德罗从路上除掉了,让自己的日子变得好过一些。那个倒霉鬼绝不仅仅该死,但是露恰没法理解的是为什么上天也要把拉米罗从她身边带走,这是她永远无法理解的事,就算有即将出生的孩子她也难以得到安慰。

胡唯乐很难接受自己即将第三次当父亲的事实。他已经被耗尽了,身体里空空荡荡。他已经没有脸再出现在新生儿面前,对他说:看,我是你父亲。我把你带到这个世界,我是那个应该为你提供吃穿的人,但是,你知道吗?我没有钱。还有,我也应该照顾你,爱你,但是让我告诉你,我对这些事实在不在行,我好喝酒,我的孩子被闷死的时候我在呼呼大睡。我觉得我不适合做你的父亲,我不能保护你的梦,我不够好,我可能会让你死掉。

在那个时候,胡唯乐觉得他连自己都照顾不好。他只剩下一个装满自责的皮囊。因为害怕伤害别人，他想找一种方式废除自己作为人的存在，想拒绝一切外在的接触，想摧毁自己的意识。每天醒来都疼。看见劳尔疼。看着露恰疼。闻到花园里的花香疼。走路疼。呼吸疼。他只想死。一了百了地终结自己的肉体，因为精神上的他早就不存在了。他决定驻扎在酒吧，永远留在那里。他不想再受罪了。他放弃抗争了。在酒吧里他能一忘皆空。唯一需要费劲的就是把酒瓶举到嘴边。他整日整日在酒吧里喝酒，晚上就倚在酒吧门口过夜，不洗澡，不吃饭，依靠乞讨来的钱接着喝酒。他密不可分的伙伴是丘埃科·洛佩斯——带他开始游荡酒吧的引路人。酒吧开着的时候，他们就用那里的厕所，酒吧打烊以后，他们就去圣家族教堂的厕所，那正是多年以前露恰和胡唯乐结婚的教堂。所有人都曾经那么喜欢胡唯乐，而且大家都得到过他的帮助，所以现在就算知道给他的硬币都会被继续用去喝酒，他们也无法拒绝他。所有人都知道他的儿子死了，因而理解他的绝望。有人试着和他说话，想劝劝他，但是胡唯乐已经什么都听不进去了，他完全沉迷在酒里。他的身体和精神被迅速地摧毁。他经历了所有可能的灾难。他被抢劫，衣袋一洗而空，连鞋子被抢走都没有感觉。有时候，一天是从呕吐中开始的，有时候一团糟，有时候跌跌撞撞摔跟头。他的腿肿着，脚开裂了，他的心日日夜夜都在滴血。

就这样直到五十二天的轮回结束。对阿兹特克人而言，数字五十二是最重要的，因为它的两位数字之和是七。七乘七就是一年，所以他们总是把五十二视为完整生命轮回的象征。

胡唯乐在酗酒中度过的这五十二天成为他必须经历的阶段，直到他发现自己并不是真的想死。发现这一点的那天，小舅子胡安来找他，胡唯乐已经站不起来了。他一看见胡安就抓紧他的手对他说：兄弟，帮帮我！胡安把他架起来带到医院，胡唯乐在那里开始慢慢康复。

那是漫长而痛苦的复健过程，这包括学习如何远离痛苦地生活。胡唯乐首先要面对的就是血液对酒精的依赖；然后，重新让腿、胳膊都运动起来，最后是整个身体的机能运转。然而，最困难的毫无疑问是试图恢复他的家庭生活。

等他出院的时候，露恰已经怀孕七个月了。她在国家彩票局找到了另一份工作，和电报局的工作一起做——既然堂·佩德罗已经死了，她就不需要辞职了。她比以往任何时候都更加美丽，但是她完全不想知道胡唯乐的现状。当然，胡唯乐的康复让她高兴，毕竟是她告诉了哥哥胡安他的下落，这是一位女邻居告诉露恰的。露恰远距离关注和跟进胡唯乐的康复过程，但是她的希望是这能让他离自己、离孩子们都远远的。

胡唯乐付出了巨大的努力重新站起来，去重新找一份工作，去说服妻子自己无论如何都要奋力保住他们的婚姻。露恰的父母在那个阶段扮演了至关重要的角色。当初他们的确试图劝说女儿不要嫁给胡唯乐，现在他们则尽一切可能说服她原谅他，让他回家，他们像爱自己的儿子一样爱他。这些年来，胡唯乐向他们展现了伟大的人格力量，岳母已经成了他最好的盟友。露恰的母亲不停替胡唯乐说好话，不停夸奖他，直到让露恰软了心，同意和他见一面——这个男人毕竟还是自己的丈夫，因为法律不允许露恰在怀孕期间离婚。

胡唯乐打扮得体地出现。岳父岳母已经把劳尔带到自己家去了，好让他们能不受干扰地谈话。

露恰和胡唯乐一见面，他们的身体就荡漾起跑过去拥抱的冲动，但是身体的主人克制了这种冲动。胡唯乐瘦了很多，却让露恰想起了十五年前她第一次见到的那个十三岁少年。露恰比从前更加美艳照人。她高隆的肚子让胡唯乐心醉神迷。在说了一会儿话、又哭了一会儿之后，胡唯乐央求她给他看看她的肚子。露恰掀起孕妇衫让胡唯乐能欣赏她身体的弧线。最后两人躺在床上拥抱着对方。

一场大雨从天而降，让整间卧室都弥漫着润湿泥土的清新。抱着露恰，听着雨声，胡唯乐清晰地感觉到自己的灵魂回到了身体里。他那死过一次的灵魂，几个月前去了更高远的天空，而今重新回到了它在尘世的位置。在胡唯乐心中,那场雨里有灵魂归来的记忆。

那场雨代表着所有之前蒸发的水滴重获新生,水汽从世界上消失,在高空中获得新的形式,重新回到地面。雨滴的声音和露恰肚子里的孩子,对胡唯乐而言是对生命最好的赞歌。他知道这是他第二次活的机会,他会好好珍惜。

他和露恰的爱生成了一种新的存在,在露恰的肚子里跳动着即将结出果实。这个胎儿的心跳是他们继续下去的最好理由,于是两人保持着相拥的姿势,度过了几乎整个下午,直到突如其来的早产打断了他们。很快,一个只有七个月的女婴来到这个世界,仿佛天赐的礼物。

胡唯乐给她起名雨薇娅,发誓无论发生什么,他都绝不会与这个孩子分离。他要做那个永远倾听她的人,他要给她全部的爱,以感谢自己重获新生后的每一天生命。他做到了。胡唯乐在露恰家中一直住到雨薇娅结婚。

那些年中并不都是爱与甜蜜。露恰和胡唯乐再也没能完全重建他们的婚姻。堂·佩德罗给他们留下了巨大的阴影,从家里一直笼罩到电报局。胡唯乐回到电报局上班,但是那里的气氛已经完全不同。一定发生了什么严重的事情,但是露恰始终保守着秘密。

“你当时为什么不告诉我？为什么这么多年你都缄口不言？”

电报机的声音一刻不停地在空气里回响。胡唯乐迅速地动着他的手指，却没有得到任何回答。失明的双眼让他无法知道天色已暗，露恰已看不清电脑屏幕上他“说”了什么。

露恰立刻从椅子上站起来，跑向卧室门口，打开门大声喊道：

“安珀尔！过来一下！”

雨薇娅被母亲的喊叫吓了一跳，跑着过来，以为是不是父亲的状况突然变糟了，不过她一进房间就发现问题出在哪里，并立刻着手解决。

“你爸爸说了什么？”

“他说……他说他的职责就是照顾你，他的义务就是让你的生命充满笑声，可是他没做到……他说抱歉让你失望了，他唯一的愿望就是爱你，却不知道该怎么做，但是你一直是、也永远会是他一生中最爱的人……”

这不是胡唯乐刚才说的话，但是他很高兴看到女儿这样翻译。他看向雨薇娅，眼里复杂地闪着光，长舒了一口气。

终于，她说出了父亲的愿望。雨薇娅知道。她确信自己没有编造任何话，她只是重复了自己很久以前就听见的话，在她还没出生之前，那时她在母亲的肚子里等待合适的出生时刻。雨薇娅翻译的是多年来一直在家里各个角落徘徊却无法出声的声音。当她看到母亲眼中泛起不寻常的光彩，雨薇娅知道自己的翻译是对的。这么多年，母亲掩埋在骄傲和自尊坟墓里的感情终于重见天日。雨薇娅第一次发现了母亲的人格中她未曾认识的一面。

刚才母亲一看见病重的父亲时脸上浮现出的痛苦神情已经让她吃惊，她从没想到母亲会为父亲这么痛苦。而此刻，露恰的眼里闪着爱的光芒，让雨薇娅觉得自己的大发现比考古学家发现月亮神柯由谢奎像重要得多。

多年以来，母亲埋葬在内心深处、在层层叠叠的冰冷之下的，竟然是一道能融化任何人的爱的目光！这道光芒发自心灵最深处，不可能不被接收到。雨薇娅一直以为父母这些年来没有过任何交流，现在她发现自己错了。

她想起无线电通讯的发现。1842 年的一天，萨穆埃尔·摩尔斯在观察一艘船时，发现这艘船的水下电缆意外断了，它正在传送的电报信息却没有中断。由此，摩尔斯发现电流通不通过电线都可以一样迅速地传递信息，进而提出无线电通讯的可能。

看着母亲的手放在父亲的手上，中间无需任何语言的参与，雨薇娅相信这回响的声音来自宇宙，能量的传递持续不断。她问自己，是不是这样看不见又触不到的交流一直存在于父母之间，只是她现在才注意到？现在她发现自己可以很容易捕捉到这种能量的传递。尽管胡唯乐的病痛给他带来这么大折磨，却正是这样的病痛让雨薇娅得以发现自她出生起就一直存在的交流。她多希望自己能在很久以前就发现这一切。那样她的童年生活一定会平静很多。如果能知道尽管父母之间沟通的桥梁已断，爱的能量依旧在两人之间来回传递循环；尽管电线已断，爱依旧流动着，和欲望的传递速度一样快。只需要看看父母紧握的手就可以理解很多事情，理解母亲再不能像她希望的那样亲吻和拥抱丈夫的愤怒；理解她不能对胡唯乐生气，只能把这种愤怒加诸于孩子身上。

还有父亲的失望。他寻求音乐的陪伴只是为了让音乐代替露恰的爱抚。一秒之间，一切都在雨薇娅眼前重获意义。她多希望自己能早点理解这一切，然而一切都有定时，无法随意加快速度。比如，胡唯乐用尽毕生时间想修复那架断桥，却在将死那天才做到，不过，他是带着完成以后的安详离去的。

他生命中的最后一天实际上是在昏迷中度过的，已经不可能再敲动电报机。他一直等到露恰来看他。雨薇娅相信母亲眼中的那道光一定能照亮父亲在彼岸的漫漫前路。这样的永别未发一言，却全部是爱。

民间智慧是伟大的。俗语谚语里往往能揭示伟大的真理，但是这些谚语只有在一个人真正经历过以后才有意义。有一句话被反复说起："失去方知拥有。"而直到父亲去世以后，我才明白这句话真正的含义。他的离开带来的缺失是无法衡量的。根本无法解释，也无法表达这种自己被独自留下的感受。有一点我很清楚，我再不是曾经的我了。我再也不能做胡唯乐的女儿。我再也不能感觉到自己是个被保护的小女孩。我再也不能感觉到这世界上有一个男人会永远无条件地支持我，无论发生什么。

重新接受这个没有父亲的世界很艰难。自我出生以来，他一直在我身边，所有的大起大落都陪我度过。生病的时候，父亲在那里。情感受挫的时候，父亲在那里。度假的时候，父亲在那里。我的孩子学校里的聚会，父亲在那里。经济窘迫的时候，父亲在那里。永远微笑着，永远专注聆听，永远准备好帮助我,无论是送孩子去上学,嗑胡桃做胡桃辣椒调味汁,还是陪我去拉古尼亚的跳蚤市场买东西,无论什么事,父亲从睁眼到闭眼都做好准备帮别人一把。

我知道这样想很自私。因为父亲最后几个月的生命已经不是生命了。他很痛苦。他不喜欢依靠别人。能以后来这样的方式死去是一种赐福。在爱的环绕下,在最爱他的人的守护下,在自己的床上 (而不是在一家冰冷的医院) 死去。唯一让我心痛的是没能再带他去看看他亲爱的 K'ak'nab,普罗格雷索城的那片海,他儿时学会游泳的那片海。我们当时正在计划这次旅行,只是他的身体状况已不允许我们这样做。

不过至少他和太阳告别过了。那天早上,他让我把他推到窗边,他要向太阳做最后的致敬。到了黄昏时分,他走了。

按照他的遗愿,我们给他穿上了那套白色亚麻西装,就是当年和母亲跳坦桑舞的那套。然后我们给殡仪馆打了电话。

那是一个阴霾的下午,没有出太阳。但是母亲还是戴着墨镜来的,显然是为了遮盖自己哭肿的眼睛。我一点都不觉得奇怪。我熟悉她心中的痛。真正让我感到惊讶的是她叫了我的名字。当我们开始走向坟墓间那条漫漫长路的时候,母亲紧紧地抓住我的胳膊,对我说:“别松开我,雨薇娅。”她显得那么脆弱,那么小!第二次失去这个曾经是她丈夫的人,我能想象她该有多孤独。

从墓园回来,洛丽塔、丘乔、娜蒂和奥洛丽塔与我亲切地告别,然后我就关上了曾经作为父亲卧室的那间房间的门,一整个星期都没有再打开。我无法承受看见他空荡荡的床,关上的收音机,沉默的电报机,孤零零被遗弃的沙发。“头七”过了以后,对父亲怀抱的需要促使我走进了那间房间,坐在他的沙发里。那间卧室还保留着他的味道,沙发松软的怀抱还留存着他的体温,只是他不在了。我再也听不到那总能让我平静的脚步声。从小,只要听见他到家了,我就知道一切都会好的,知道无论出现任何问题,只要他一来,就都会化解。而现在,所有这些,都结束了。

我回想起看着他死去的那种巨大震撼。我在他身边一直陪到最后离开的那刻。我以为自己已经做好准备面对他的死亡,事实却并非如此。一个人永远也不可能做好准备。生与死的神秘有太过强大的力量。没有谁能完全承受。我们很难理解在三维空间里发生的事,只知道死去的人不在了,只知道他们走了,留下我们独守此岸。所有见过失去生命的身体的人都知道我在说什么。

看着父亲僵直的身体躺在床上,我想起儿时有过的恐惧,有一天,木偶戏结束之后,我看见一只挂在钉子上的提线木偶。几分钟之前我刚见过它说话、跳舞、走路,突然间,它就挂在那里,一动不动,空洞,没有灵魂,它不再是一个人物,而只是一块画上了画的木头。

那只木偶和父亲的区别在于,木偶回到木偶戏表演者的手中就会重获生命,而我的父亲不会了。他的身体再也不会说话,不会动,不会笑,不会走路。他的身体已经死了,而我需要负责收拾他留下的东西。

我想尽快做完这件事以免拖得太久。我打开他的抽屉,开始叠他的衣服,收拾他的碟片和书。我把弗吉尼亚·洛佩斯和潘乔三人组的碟片分出来留给了自己。

突然,我发现了一个小盒子,里面都是他的记忆。我心怀崇敬地慢慢打开。在盒子里我找到了我母亲十五岁时的照片。一张我的椭圆形小照片,是小学时候的。一张我的孩子们的照片,一张我哥哥的照片。一个小信封里装着一缕婴儿的鬈发,附着的字条上是父亲的字:“纪念我亲爱的拉米罗。”还有一本记着玛雅历法的小笔记本和一张玛雅石碑细节图。一片用来弹吉他的假指甲,还有一个小火柴盒。打开火柴盒,我看见了自己第一次换牙时掉下的牙齿,父亲在一张小纸片上记下了日期。

我回想起了那一天。父亲陪着我直到我在床上躺好,帮我把这颗牙放在枕头底下好让老鼠带走它。我问他:爸爸我的牙会怎么样？他回答我说：

“别担心，我的小姑娘，老鼠会来把它带走，然后给你留点钱……”

“这个我知道，但是然后我的牙会怎么样呢？”

“然后？”

“是的啊，老鼠拿走它以后。”

“哦！然后老鼠会把它保存在一个小盒子里，和所有它最珍视的宝物放在一起。”

“不是，爸爸，你没懂我的意思，我是说这颗牙以后会怎么样，它会消失吗？”

“这个……是的，但是那是很久很久以后的事了，它会化成灰，但是你现在不用担心这个，钻进被窝好好睡一觉，我的雨儿。”

父亲是对的。那只“老鼠”把我的牙齿保存在他最珍视的宝物堆里，直到现在还完好无损。我知道它最终会化成灰，但是那还要过很多年。大概连我都不会看见这一天了，不过这样想可以帮助我度过自己的伤痛。我好好想了想关于灰尘的那句论断。“你是灰尘，以后也会变成灰尘。”所有活过的，最后都会化为灰尘。我们就是在蝴蝶翅膀、花朵、星辰、岩石的灰尘中前行。我们呼吸着指甲、头发、肺和心脏的灰尘。

记忆的片段、爱情的夜晚都在那每一粒细小的灰尘里走过。在这一刻,灰尘对我而言不再是孤独堆积的迹象,而是成了完全相反的存在。在灰尘里,住着数以百万计曾经在地球上居住过的生命。灰尘里飘浮着羽蛇神、佛陀、甘地和耶稣的遗骨。

在灰尘里游荡着父亲留下的皮肤遗骸,一小片指甲,一小根头发。它们就这样飘过整座城市,飘过所有他曾经和母亲一起走过的村庄,飘过家里的每个角落。

不仅如此,父亲在我的身体里,在我哥哥的身体里,在我的孩子、我的侄子的身体里。他的基因和情感遗传在我们每个人的身体里,在我们的大脑里,我们的记忆里,我们看待生活、笑、说话和走路的方式里。

下葬那天,这样的想法让我给了哥哥一个真诚的拥抱,我已经很多年没有这样做了。就这样,我与生命和解。

我不知道,是不是我想好好活着的希望让我坚信父亲就在我身边。日子一天天过去,我的生活回归平常,然而有时候,我做着日常的事情,会感觉到父亲在陪着我,这让我胸中充满平静。有时候,我能清晰地感受到他的声音在我的脑海里"回响"。无论是不是真的,我想知道父亲现在在哪里。我又开始上结婚后就没上过的天文课了,父亲一定会高兴我正在学习玛雅文化，而且等我的孙子、费德里科的儿子会认字写字了，我要教给他的第一样东西就是玛雅计数法。如果父亲知道了这一切一定会很高兴。

昨晚我做了一个启示性的梦。梦里父亲和我开着他的老车雪佛兰 56 去尤卡坦的普罗格雷索。公路上满是蝴蝶。有一些直接贴在车窗玻璃上。一开始我在开车，忽然父亲让我交给他开。紧接着，我还没有回答，他已经在飞一般地开着车了。尽管我知道他的眼睛看不见，却毫不害怕让他开车。父亲快乐地大笑，我也跟着笑。我只在转弯的时候有点颤抖，因为父亲打方向盘打得不够快。神奇的是，在一个急转弯的岔路之后，父亲继续向前开，我们却没有坠入虚空，反而飞了起来。我们飞快地路过一座座城市的上空，每座城市都有人在下面冲我们招手。我们看到很多农民兴高采烈地挥舞着草帽，像认识我们似的。到了大海上空，父亲对我说“雨儿，看好了”，然后就一蹬腿跳进海里。我很惊讶，因为那一身的病症加上帕金森病的影响，他不可能做得这么好。

我渐渐离开了这个深沉的梦境，一个声音唤醒了我，把我带回现实。那是我朝北的床头柜里传出的摩尔斯电码的声音。

这个声音到来的那天是2月14日。在墨西哥,这一天不仅是情人节,也是电报员纪念日,当然知道这一点的人不多。电报员们曾经在电子通讯历史上扮演过如此重要的角色,而今却被渐渐遗忘。我理解没人愿意记起堂·佩德罗,可是在互联网将我们联系在一起之前,电报就是那个时代的互联网,电报员们为我们如今能享受即时通讯做出了巨大的贡献——没有人想到这些,真是很悲伤的事。不用说,有时候,生命就是这样费力不讨好,不过这不重要,通讯的有趣之处在于让我们注意到身体里流淌出的字句,无论是书面的、口头的还是吟唱的,它们在宇宙空间里飞行着,它们的能量来自在我们之前发出的那些声音的回声。

它们在空气中旅行,沐浴在别的嘴巴发出的声音里,在别的耳朵听见的振动里,在成千上万悸动的心跳出的脉搏里。它们在我们记忆的最中心,留在那里安静地等待,知道有一天会有一个新的欲望重新激起它们,用爱的能量给它们充电。这就是词语最让我感动的特质,它有传递爱的能力。词语,和水一样,是能量无以伦比的导体。而爱,拥有最强大、最富改造力的能量。

每年2月14日,所有那些因为父亲的帮助而改变了自己生命的人都会给他打电话送出祝福。那天最先打来电话的是赫苏斯和露碧塔,当他们得知父亲去世的消息时都很伤心，我的父亲，那个电报员，是那个知道如何将成千上万的人、梦想和欲望都连接起来的人。

最终，这才是重要的，一个人因为他的话语有改变人心的力量而永远留在我们的记忆里。对了，他在我的床头柜上敲出的电码说的是：

> 亲爱的雨儿，死亡并不存在，生命，就像你看见的，如此美妙。抓住生命，把它活到极致！我会永远爱你。你的爸爸。

劳拉·埃斯基韦尔

2000年9月15日